KB120115

따뜻한 무관심

따뜻한 무관심

초판 1쇄 인쇄일 2017년 01월 23일
초판 1쇄 발행일 2017년 02월 10일

지은이 로스민
펴낸이 양옥매
디자인 황순하
교 정 조준경

펴낸곳 도서출판 책과나무
출판등록 제2012-000376
주소 서울특별시 마포구 방울내로 79 이노빌딩 302호
대표전화 02.372.1537 **팩스** 02.372.1538
이메일 booknamu2007@naver.com
홈페이지 www.booknamu.com
ISBN 979-11-5776-367-2(03800)

이 도서의 국립중앙도서관 출판시도서목록(CIP)은 서지정보유통지원 시스템
홈페이지(http://seoji.nl.go.kr)와 국가자료공동목록시스템
(http://www.nl.go.kr/kolisnet)에서 이용하실 수 있습니다.
(CIP제어번호 : CIP2017001432)

따뜻한 무관심

하얀 코끼리, 검은 고양이 세 번째 이야기

로스민 Ross Min

| 세 번째 배낭을 꾸리며 |

2016년 가을, 난 또 어쩌다 보니 두 번째 책, 『관계, 가꿀까 끊을까』를 냈다. 그 책의 주제 '관계'는 어찌 보면, 내가 가장 자신 없는 거라 이거저거 파다 보니 책이 한 권 나와 버렸다.

두 번째 책을 내고 나서 다시 한 번 느낀 점은 역시 사람들의 다양성이다. 그 다양성 중 책의 내용에 관한 다른 생각보다는, 책을 보는 생각의 각도 자체가 다르다는 점이 나에겐 더 흥미롭게 다가왔다.

어떤 이는 내용과 상관없이 책을 냈다는 사실에 관심이 많고, 어떤 이는 글의 형식을 더 유심히 보며 『하코검고』 시즌1과 시즌2를 비교한다. 예를 들어, 시즌1이 넓은 범위의 주제를 함축적으로 그래서 불친절하다고 느낄 정도로 거칠게 툭툭 던지는 느낌이라면, 시즌2

는 '관계'라는 한정된 주제를 좀 더 구체적으로 논문 같은 글, 수필, 소설 느낌의 글 등 다양한 방식으로 풀었다는 비교가 그것이다. 또 어떤 이, 특히 주변 사람들은 책에 나오는 이니셜로 표현된 사람이 누군지를 가장 궁금해하고, 또 다른 사람들은 어쩌면 책을 낸 목적에 가장 부합하는, 뭔가 생각하게 만들었다는 반응을 보였다. 대부분 시즌2가 더 책답다고 했지만, 뭐가 더 와 닿았는지에 대한 개인적인 호불호는 사람마다 갈렸다.

책에 관한 반응 중 소수 의견으로 특이한 게 두 가지 있었다.

첫 번째는 책이 나온 속도였다. 6개월에 한 권씩 1년에 책 두 권이 뚝딱 나온 게 신기하다며, 어떻게 그렇게 빨리 쓸 수 있는지 묻는다. 그 질문에 관한 나의 대답은 비교적 명확하다.

먼저, 난 글을 쓴다 내지는 창조한다보다는 머릿속에 있는 것들을 글로 옮긴다에 가깝다. 1년에 책 두 권이 나왔고, 구상이나 편집 같은 걸 했던 시간을 빼면, 실제 글쓰기에 몰입했던 건 두 권 다 한 달여밖에 걸리지 않았지만, 난 이 책들이 나오기까지 최소한 내가 성인이 된 이후 30년이 걸렸다고 생각한다. 특히, 이십대 후반에 직장에 들어와 지금까지 살면서 경험했던 것, 생각했던 것, 느꼈던 것, 사람들과 부대꼈던 것들이 내 안에 축적됐고, 글쓰기는 그 생각을 머리 밖으로 끌어낸 수단일 뿐이었다.

또 한 가지는, 내가 전문 작가가 아니라는 점이다. 책을 내고 나서 주변 사람들한테 날 작가님이라고 부르라고 강요했지만, 그건 농담이고 장난이었다. 난 내가 전문 작가라고 생각하지 않는다. 그건 내가 겸손해서가 아니다. 전문 작가가 아니어야 어떤 의무에서 면제되기 때문이다. 아직까지는 글쓰기를 밥줄이나 사명으로 여기지 않는다. 난 직장 생활을 하는 월급쟁이고, 글쓰기는 나의 경험과 감성을 나눌 수 있는 수단이자 꽤 괜찮은 취미가 되었다. 그런 전문 작가가 아니라는 생각, 나는 아마추어라는 생각이, 나에게 작가다움, 책의 완성도라는 의무감에서 해방시켜 주며 독자의 평가나 반응, 마케팅에 개의치 않고 용감하게 책을 낼 수 있는, 뻔뻔할 수 있는 권리를 준다.

두 번째 특별한 반응을 했던 주인공은 시즌1에 출연하셨던 바로 그 우아한 상담사님이었다. 그분은 내 책을, 글쓰기를 통해 자기 치유를 행동에 옮긴 상담 성공 사례로 인식했다. 상담사님은 상담을 받으러 온 고객들에게 글쓰기를 권유하지만 나처럼 즉각적인 행동에 옮겨 책까지 낸 경우는 유일했다며, 좋은 추진력을 보여 주었다고 격려했다. 상담사님은 내가 쓴 책들이 나한테 어떤 의미였는지 되짚어 보라는 조언과 함께 책을 몇 권 추천해 주셨다. 『치유의 글쓰기』, 『삶으로 다시 떠오르기』, 『지금 이 순간을 살아라』가 그 책들이고, 난 바로 구입, 지금 읽어 나가고 있다. 상담사님의 그런 시각은 거의 유일한 통찰력 있는 반응이었고, 역시 상담 전문가답다고 느꼈다. 상담사님의 특별하고 가치 있는 반응에 따라, 난 다음 질문을 스스로에게 할 수밖에 없었다.

나는 글쓰기를 통해 치유되었나?

내가 글쓰기를 시작하기 직전, 1년 전, 2015년 겨울, 난 아마도, 아직까지는, 평생을 통해 가장 깊은 우울의 늪에 빠져 있었다. 나의 지난 삶, 추구했던 가치, 일, 관계 모두 덧없이 느껴졌고, 텅 빈 가슴을 어찌 채워야 할지 막막했다. 뭘 어떻게 해야 할지 감조차 잡히지 않았고, 상담사님의 조언에 따라 그냥 내가 느끼는 걸 그대로 글로 옮기기 시작한 게 내가 할 수 있었던 유일한 것이었다.

그땐 몰랐지만 지금 되돌아보니, 글을 쓰기 시작하면서 한 가지는 이미 해결되었던 것 같다. 글을 쓸 때 최소한 심심하지 않았다. 첫 번째 책의 일흔일곱 가지 에피소드, 두 번째 책의 서른아홉 가지 이야기들, 총 백 십 여섯 가지 이야기를 쓰는 동안, 글은 나를 사우디의 수용소 같은 숙소에서 살고 있는 어제의 프로젝트 리더로, 2년 전 멕시코, 3년 전 인도에서 빠세게 일하던 장년의 간부로, 5년 전 전략 업무를 하던 머리 잘 쓰며 일하고 싶은 기획 실무자로, 8년 전 슬로바키아의 첫 해외 파견 어리바리한 중년으로, 20년 전 왁자지껄했던 사무실의 아무것도 모르는 신입사원으로 보냈고, 그건 정말 전에는 상상조차 할 수 없었던 흥미진진한 내 안으로의 여행이었다.

물론, 글을 쓰지 않더라도 얼마든지 과거를 회상할 수는 있다. 하지만 그게 흡사 공중에 붕 떠서 찰나의 느낌을 갖는 것이라면, 글을 천천히 쓰며 회상하면 마치 오솔길을 따라 걸으며 과거의 장소와 사람들, 내 기억의 조각들을 보는 듯한 기분을 만끽할 수 있다. 또한, 글을 쓰며 돌아보면 오솔길 사이사이 묻혀 있던 내 잠재 기억들이 하나둘 튀어나오며 계속 길이 열린다. 그렇게, 기억이 꼬리를 물며 글을 쓰는 여행은 흥미진진하게 계속된다.

글을 쓰는 동안 아무도 안 건드리는데, 나 혼자 때로는 웃고, 때로는 울고, 때로는 뭔가 의미를 찾으려고 깊은 생각에 잠긴다. 아마 누군가 그런 나를 관찰한다면 '혼자 뭔 생쇼?' 할지도 모르겠다. 책을 내느냐 마느냐를 떠나서, 글을 쓰는 것 자체만으로도 나는 충분히 재미있다. '행복은 삶에 대한 흥미'라는 정의를 곱씹는다면, 글을 쓸 때 나는 행복까지는 잘 모르겠지만, 글쓰기에 몰입하느라 적어도 불행하거나 우울하다고 느낄 틈이 없다.

다시 질문으로 돌아가서, '나는 글쓰기를 통해 치유되었나?' 나는 아직 생을 마감하지 않았기에, 앞으로 남은 삶 동안 또 어떤 엄청난 놈이 날 휘감을지 알 수 없기에 '궁극적으로 치유되었다.'라고 시원하게 대답할 수는 없지만, 적어도 현재까지는 글쓰기를 하기 전보다는 '훨씬 덜 우울하고 불행하다.'라고 대답할 수는 있다. 그럼 이번엔 질문을 바꿔 볼까.

'당신은 글쓰기를 권장합니까?'

이 질문에는 시원하게 대답할 수 있다. 만약 당신이 '나도 글쓰기를 해 볼까.' 망설인다면,

'지금 바로 시작하세요.'

  뇌 속의 기억, 가슴속의 감성을 글로 쓰고 나면, 몸에서 첫 번째로 느끼는 건 시원함이다. 비유가 적절한지는 모르겠지만, 내 안에 축적되어 있던 것들을 토하고 나서 속이 텅 빈 것 같이 시원하다. 가볍다. 그 가벼움은 맛있는 걸 또 먹고 싶은 욕구로 연결된다. 난 지난 두 번의 글쓰기를 통해 내 안에 축적된 생각과 감성을 모두 토했고, 지금은 비어 버린, 그 안에 새로운 것을 채우기 위한 지적 탐구와 감성 경험을 몸이 원하고 있다. 그래서 지금도 쉬지 않고 이렇게 뭔가를 끄적이고 있다.

  하지만 지난 두 번의 글쓰기 동안 토하고 싶었지만 그러지 못했던, 쓰고 싶지만 쓰지 못했던 게 있었다고, 이제는 고백하고 싶다. 이야기의 주제가 삶이든 일이든 관계이든 추억이든, 뭐가 됐든, 그런 것들이 의미를 가지려면 어쩔 수 없이 '삶은 살아갈 가치가 있는가.'로 연결되고 그건 삶의 종작지인, 단어를 쓰는 것조차 두려운, '죽음'에 관해 생각하지 않으면 안 된다. 그건 결국 삶과 죽음의 본질을 탐구하는 철학으로 연결된다. 그런 쪽으로는 턱없이 부족한 나의 지적 한계와 두렵고 우울한 기운을 감당할 자신이 없어, 그동안 직접적인 언급을 피하거나 가볍게 살짝 건드리기만 했다.

　하지만 모든 생물은, 사람은 죽음을 피할 수 없다. 삶의 끝인 죽음을 얘기하지 않고 어찌 삶을 얘기할 수 있을까. 특히 나처럼 어느덧 살아온 날보다 살아갈 날이 더 짧게 남아 버린 사람들은 죽음과 좀 더 친숙해져야 하지 않을까. 죽음이 점점 더 가까이 다가오고 있으니까.

　이번 세 번째 여행은 주제를 정하고 싶지 않다. 산책하며 수다 떠는 기분으로 가고 싶다. 삶, 죽음, 일, 글쓰기, 책 읽기, 고양이, 추억, 뭐가 됐든 막 써 보자. 죽음에 관한 생각도 거리낌 없이 막 쓸란다. 그러다 보면 좀 더 친해지지 않을까. 친해져야 실제 그 순간이 다가왔을 때, 비로소 평온하게 받아들일 수 있지 않을까.

　이제 세 번째 여행을 가자.
　배낭을 메고 신발 끈을 조인다.
　이번 여행은,
　'어느덧 오십이 되어 버린 직장인의 수다' 정도로 하자.

03.

동거, 백 일째

04.

신(神)과의 토론

01.
따뜻한 무관심

저 방 안에 뭐가 있는지.
공허하고 슬프다.
이 방에서 아무 것도 가져갈 수 없다는 게.

문

고단하다.

많이 고단하다.

당신은 저 방으로 갈 수 있습니다.

하지만,

일단 가면,

다시는 이 방으로 돌아올 수 없습니다.

옆 방문이 열린다.

방 안은 완벽한 어둠이다.

아무것도 보이지 않는다.

홀가분하다.

무거운 짐을 내려놓을 수 있다.

두렵고 궁금하다.

저 방 안에 뭐가 있는지.

공허하고 슬프다.

이 방에서 아무것도 가져갈 수 없다는 게.

죽음

사우디 파견 중, 여느 때와 마찬가지로 같이 살고 있는 아기 고양이 챠챠와 놀다가 잠이 들었고, 녀석의 꼼지락에 자다 깨다 하다가 새벽이 왔다. 4시 반쯤 갑자기 새벽의 정적을 깨며 전화가 울렸다. 순간, 뭔가 안 좋은 느낌이 들었다. 전화를 통해 들은 내용은 내가 예상한 불길한 느낌을 넘어섰다. "네팔에서 온 근로자가 방금 전 방에서 숨진 채 발견되었습니다." 난 다리가 떨렸다. 무서웠다. 겁이 났다. 근무복으로 갈아입으며 두려운 마음을 가라앉히려고 애썼고, 심호흡을 크게 한 번 하고 방문을 열고 나왔다.

어떤 방에서 그런 일이 생겼는지 물어볼 필요가 없었다. 사람들이 웅성웅성하며 모여 있는 곳으로 갔다. 사람들이 나한테 무거운 표정으로 인시를 했고, 나는 곧바로 방 안으로 들어갔다. 한 사람이 침대 위에서 벽을 향해 무릎을 구부리고 움츠린 자세로 누워 있었다. 다가갔다. 혹시나 싶어 그의 목과 손목에 내 손을 얹었다. 호흡이 멎어 있고 따뜻한 온기가 느껴지지 않았다. 숨진 게 확실하다는 생각이 들자, 난 다리에 힘이 풀려 그대로 주저앉았다. 눈물이 났고 한참을 그대로 앉아 있었다. 당신은 왜 여기 사막에서 이렇게 주검이 되어 누워 있는가. 내가 주저앉아 흐느끼기 시작하자, 누군가 방문을 닫아서 밖에 사람들의 시선을 막아 주었다.

난 다시 일어나서 방 밖으로 나왔다. 격해진 감정을 최대한 억누르고 지금 상황에서 어떤 조치를 취해야 하는지에 대한 생각에 몰입했다. 우선 신상과 상황을 파악하기 시작했다. 이름은 T, 나이는 42세, '오피스보이' 또는 '티보이'라고 불리는, 사무실에서 차를 탄다든지 청소를 한다든지 허드렛일을 하는 네팔 사람이다. 어젯밤에 T를 포함해서 두 명이 방에서 잠을 잤는데, 11시에 침대에 누운 이후 특별한 일이 없었고, 방금 전 새벽 4시쯤 일어나지 않아 깨우다가 숨진 걸 알았다고 한다.

해야 할 조치들을 상의하기 시작했다. 경찰서에 알리는 게 가장 시급한 일이고, 본사, 거점 및 고객에게 보고를 해야 한다. 가족에게 알려야 하고, 방을 현재 상태로 유지하며 누군가 지켜야 한다. 이런 것들이 지금 바로 해야 할 조치이고, 각자의 역할에 맞게 분담했다. 사람들은 맡은 역할을 하며 분주히 움직였다. 얼마 후 현지 경찰들이 왔다. 방 안을 검사하고 시신을 살폈다. 망자의 소지품도 챙겨 봉투에 넣었다. 주변 사람들에 대한 조사도 했다. 이후 구급차가 도착, 시신을 옮기기 시작했다. 움츠린 몸이 그대로 이동식 침대를 거쳐 구급차로 향했다. 난 구급차로 들어가는 T의 구부러진 다리에 손을 얹고 작별 인사를 했다.

이렇게 해야 할 것, 할 수 있는 건 다 한 듯했다. 서둘러 일이 끝나자, 이성에 의해 잠시 억눌렸던 감정이란 놈이 다시 꿈틀대기 시작했다. 감정을 누그러뜨릴 시간이 필요했다. 내 방으로 갔다. 챠챠는 이리저리 뛰어 다니며 놀자고 재촉을 한다. 그런 챠챠를 무심하게 쳐다보며 한참을 멍하니 앉아 있었다.

여러 가지 생각이 떠올랐다. 세상의 모든 일은 '왜 해야 하나?'라는 질문을 반복해서 몇 번만 들어가면, 결국 다 사람을 위해 한다는 결론에 다다르지 않을까. 사람을 위해 일을 하다가 사람이 죽었다. 모든 생물체의 종착지 죽음. 죽음이란 걸 어떻게 받아들여야 할까. 그런 것들에 비하면 내가 하는 일은 하찮은 것일까. 내 삶은 살아야 할, 혹은 버텨야 할 가치가 있는 걸까.

알베르 카뮈의『시지프 신화』생각이 났다.『이방인』이 소설이라는 형식을 빌려 '죽음'이라는 주제에 은유적으로 다가갔다면,『시지프 신화』는 용감하게도 '자살'이라는 주제를 정면으로 던지며 죽음을 직접적으로 다뤘다. 카뮈는 자살이라는 주제만큼 본질적인 질문은 없다고 단언했다. 왜냐하면 그 주제는 결국 '인간의 삶은 살 가치가 있는가?'라는 가장 근원적인 철학적 질문과 연결되기 때문이다. 이 질문 이외의 것들은 모두 사소한 일이라고 주장했다. 심지어 태양이 지구를 도는지 지구가 태양을 도는지 하는 진리조차도 자살이라는 주제에 비하면 사소하다고 했다.

여러 가지 상념에 빠져 있다가 다시 정신을 차리고 방 밖으로 나왔다. 방문을 나서려고 하자 챠챠는 고개를 갸우뚱하며 날 빤히 쳐다봤다. 사무실에 도착했다. 사무실 사람들은 여느 때와 다름없이 오늘 할 일을 끝내기 위해 분주히 움직이고 있었다. 몇몇 사람들이 나의 우울한 기운을 느끼고 격려와 위로를 해 주었다.

네팔 사람들을 통해 들으니, 카트만두에 T가 사는 집이 지난 네팔 지진 때 무너졌다고 한다. T의 아내도 가족을 먹여 살리기 위해 쿠웨이트에서 일하고 있다고 한다. 하늘은 이 힘없고 가난한 가족에게 왜 이다지도 큰, 감당하기 힘든 시련을 계속 주는 걸까. 제삼국인을 중심으로 모금을 하자는 의견이 있었고, 모금 운동은 사무실 내에서 조용히 확산되었다.

그날 오후, 병원 의사의 사인에 관한 소견이 접수되었다. 심장마비에 의한 돌연사. 이후에는 사우디의 법에 따라 시신 인계 등 절차가 진행된다고 한다. 오늘 일로 많이 놀랐을 같은 방 동료들의 마음

관리를 위해 그 방을 폐쇄하고 방을 옮겨 주었다. 이렇게, 사고는 일단락되었고, 마무리 절차를 향해 진행됐다.

　T도 사람들의 기억에서 희미해져 갔다.

울분

2016년 11월, 서울에서 16일간의 짧지 않은 휴가를 즐기고, 사우디로 복귀하는 비행기에서 몽롱한데 잠은 안 오고 시간 때울 영화 없나 찾다가 〈인디그네이션(Indignation)〉이라는 영화가 눈에 들어왔고 큰 기대 없이 보기 시작했다. 무심하게 보다가, 난 점점 더 영화에 빠져들었다. 영화의 흐름은 대충 이렇다.

배경은 1950년대 미국, 나라 밖에서는 한국 전쟁 중, 주인공은 마커스, 고등학교 성적 탁월한, 똑똑한 유대인 혈통의 젊은이. 마커스는 대학에 입학해서 한국 전쟁 징병을 피하고, 진절머리 나는 아버지의 잔소리에서도 벗어난다.

마커스는 상대가 교수라 할지라도 본인의 소신을 거침없이 주장하는 등 대학 생활을 당차게 시작한다. 마커스는 공부와 아르바이트에 전념하려 하지만, 자꾸 귀찮게 하는 것들이 생긴다. 아버지의 추천으로 대학교 유대인 모임에서 가입하라는 권유를 받았으나 마커스는 단호히 거절한다. 학장의 지침에 따라 어쩔 수 없이 기독교 강의를 들어야만 하는데, 종교의 집단주의를 혐오하는 마커스는 이 또한 부당하다고 생각한다.

  또한, 너무나 아름답고 섹시한 올리비아가 지적이면서 매력적인 반항기까지 있는 마커스에게 호감을 보인다. 성적으로 개방된 성향이 있어 아무렇지도 않게 성적 접촉을 하는 올리비아를, 그런 쪽으로 순진한 마커스는 처음에 밀어내려 하지만, 결국 여차저차 하다가 둘은 사귄다. 그러다, 같은 방을 쓰는 학교 동문들이 올리비아의 그런 개방적 성적 취향을 비하하며 헤픈 여자 취급을 하고, 말다툼으로 시작된 싸움은 결국 주먹질까지 하게 된다. 마커스는 학교에 요청해서 기숙사를 옮긴다.

  학장이 기숙사를 옮기는 튀는 행동을 한 마커스를 불러 대화를 시작한다. 학장과 마커스의 대화가 영화에 두 번 나오는데, 내가 볼 때 그게 이 영화의 백미. 공공의 선을 추구하는 집단주의자 학장과 개인의 권리를 추구하는 자유주의자 마커스의 치열한 말싸움에서 이 영화의 원작가 필립 로스(Philip Roth)의 철학이 보인다. 학장은 유일하게 기숙사를 옮긴 학생인 마커스를, 똑똑하지만 인내심이 부족한 사회 부적응자로 간주하고 똑같은 질문을 집요하게 반복한다. 마커스는 학장과 대화를 하면 할수록 넘을 수 없는 소통의 벽 때문에 울분을 참지 못한다. 첫 번째 대화는 마커스의 구토와 기절로 끝나고, 두 번째 대화는 마커스가 학장에게 쌍욕을 하며 끝난다.

기독교 강의를 듣는 걸 참을 수 없었던 마커스는 돈을 주고 대리 출석케 한다. 그러다 대리 출석이 발각되고, 대학에서 쫓겨난다. 마커스는 한국 전쟁에 징병이 되고, 결국 북한군의 총을 맞고 죽는다.

여기까지가 이 영화의 흐름이다. 나를 깊은 생각의 늪에 빠지게 했던 '이방인'과 흐름이 비슷하다. 주인공은 사회의 통념을 거부하며 정직하게 본인의 생각을 밝혔고, 사회는 그들을, 사형 선고와 전쟁 투입을 하며, 죽음으로 몰고 간다. 삶과 죽음, 정직과 처세, 개인과 집단, 사람과 신, 종교와 같은 주제들이 함축되어 있는 것도 비슷하다.

사회의 통념에 따르지 않았던, 아니 따르는 척하지 않았던 그들이 멍청한 것일까, 그들을 죽음으로 몰고 간 사회가 가혹한 것일까.

미지수, X

미지수가 있다.

'미지수'라고 다 쓰기가 귀찮다.
'미지수'대신 'X'라고 쓴다.

'X'를 찾는다.
'X'는 '무엇'이라고 하고,
생각을 끝낸다.

하지만,
우리가 원래 찾았던 건 'X'가 아니다.
'미지수'이다.
'미지수'의 존재를 까먹는다.

'미지수'는 사라지고 'X'만 남는다.

이유 없는 이유

"당신은 왜 사나요."

이 질문을 듣고 명쾌하게 대답할 수 있는 사람이 몇이나 될까. 있다 하더라도, 그런 확신은 진리일까, 믿음일까, 아니면 증명할 수 없는 신념일까. 그런 명쾌한 답이 그 사람의 삶에 긍정적으로 작용할지 부정적으로 작용할지를 떠나서, 명확한 대답을 하는 아주 특별한 사람들을 제외하고, 나 같은 사람들은 머릿속에 많은 생각의 조각들이 생기지만, 빙빙 돌 뿐 간결하게 대답을 하기엔 너무나 어렵다. 그렇다면 질문을 반대로 틀어 볼까.

"당신은 왜 안 죽나요."

이것도 어렵긴 하지만, 그냥 드는 생각만 나열한다면 대답은 될 거 같다.

"죽는 게 무서워서."

"자살은 죄악이니까."

"죽기 전에 해야 할 게 있어서."

"이대로 죽기엔 너무 허망하고 억울해서."

"나한테 주어진 삶을 끝까지 살아야 하니까."

죽음에 대한 두려움 또는 살아야만 하는 의무가 죽지 못하는 이유가 된다. 질문을 한 번만 더 틀어 볼까. 지금 죽으려는 사람에게 묻는다.

"당신은 왜 죽나요."

죽으려는 이유는 다양하겠지만, 다음 대답이 공통적인 모수 아닐까.

"죽는 게 사는 거보다 나으니까."

자살이 죄악인가 아닌가, 용기인가 만용인가, 자유인가 방종인가를 떠나서, 죽는 게 사는 거보나 낫나는, 더 살아야 할 가치가 없다는 확신이 스스로를 죽게 만드는 게 아닐까. 물론, 신념을 지키기 위한 죽음도 있다. 신념은 사람을 살리기도 하지만 죽게도 한다. 내가 추구하는 가치를 위해 죽음을 선택하는 사람들이다. 그 사람들도 결국은, 신념을 접고 사는 것보다 신념을 지키며 죽는 게 낫다고 확신하기 때문에 죽는다. 그러므로 나를 위해서든 너를 위해서든 인류를 위해서든, 크게 보면 죽는 게 사는 거보다 낫다는 '확신' 때문에 죽는, 같은 이유가 아닐까.

　그렇다면…….
　살아 있는 사람들은 어떨까.

　극소수의 사람들은 살아야 할 확실한 이유를 가지고 산다. 설사 그 이유를 증명할 수 없을지라도, 그건 삶을 지탱하는 '신념'이 된다. 또 어떤 사람들은 죽으면 안 되기 때문에 산다. 그건 일종의 살아야 할, 버텨야 할 '의무'가 된다. 하지만 또 다른 사람들은 신념이나 의무와 같은 명확한 이유 없이 그냥 산다. 어쩌면, 죽는 게 사는 거보다 낫다는 확신이 없기 때문에 산다. 모든 생물체는 확신이 없으면 변화하지 않는다. 삶과 죽음에 대한 확신이 없기 때문에 변화하지 않고 생을 유지한다. 또 하나, 절대 무시할 수 없는 것, 생존 '본능'. '사람은 생각하는 습관보다 살아가는 습관을 먼저 배워서 익힌다.'는 말도 있듯, 결정적인 벼랑 끝에서 의지나 이성을 굴복시키는 본능, 이게 변화를 거부하는 버팀목이 된다.

　확신 없음을 인정하는 '겸손'이, 모르는 걸 모르게 놔두는 '여유'가, 삶을 유지하는 '이유 없는 이유'가 될 수도 있지 않을까.

길동무

니체가 즐겨 인용했다고 하는 갈리아니 신부의 얘기.

'중요한 것은 고난에서 치유되는 것이 아니라 고난과 더불어 사는 것.'

서두에 던졌던, '나는 치유되었는가?'라는 질문에 난 '적어도, 그전보다는 나아졌다.'라고 답했었다. 어쩌면 난 치유됐다기보다는, 그 정체 모를 우울하고 공허한 기운, 바닥을 알 수 없는 무력감에 좀 더 익숙해졌는지도 모르겠다.

그런 어두운 기운이 누구나 겪게 되는 보편적인 것이고 그 또한 삶의 일부분임을 인정하는 순간, 공포에서 불안으로 내려온다. 또한 내가 느끼는 그 기운을 있는 그대로 글로 쓰면 점점 더 익숙해지고 어떤 때는 친해졌다는 느낌까지 들기도 한다. 그 기운이 내 안을 진솔하게, 초연하게 들여다보게 만들었다는 생각을 하면 오히려 고맙기까지 하다.

나의 존재, 나를 둘러싼 밝음과 어두움을 모두 있는 그대로 받아들이고, 앞으로 걸어가야 할 삶의 길동무처럼 같이 가 보는 건 어떨까.

무서운 개

길을 걷는다.
앞에 개가 있다.
무섭다.
그 길에 선다.
공허하다.
나를 없앤다.

길을 걷는다.
앞에 개가 있다.
무섭다.
다른 길로 돌아간다.

길을 걷는다.

앞에 개가 있다.

무섭다.

개와 싸운다.

긴 싸움이다.

길을 걷는다.

그 개가 또 있다.

이제 많이 무섭지는 않다.

그래도 불안하다.

개를 피한다.

그 길을 계속 간다.

길을 걷는다.

역시 그 개가 있다.

이제는 덜 불안하다.

개를 만져 본다.

그리고 난,

그 길을 계속 간다.

길을 걷는다.

개가 있다.

개를 만진다.

다시, 길을 걷는다.

개가 따라온다.

둘이 같이 간다.

시간

의심의 여지없이, 시간은 삶에 절대적인 영향을 준다.

매일 아침 화장실에 가서 최소 10분 이상 볼일을 본다. 하루에 최소 세 번, 시간을 들여 뭔가 먹어야 한다. 낮에는 시간에 쫓기며 정신없이 일을 한다. 매일 밤 쏟아지는 잠을 이기지 못해 우린 잠자리에 든다. 특별한 일이 없는 주말엔 나른함을 즐기며 시간을 때우기도 한다.

크게 보면, 시간과 인간은 세 가지 관계를 가지고 있다.

1. 시간이 인간을 민다(시간에 쫓긴다).
2. 인간이 시간을 민다(시간을 때운다).
3. 시간을 잊는다(수면 상태, 무의식).

때로는 시간이 우릴 밀고, 때로는 우리가 시간을 밀고, 또 때로는 시간을 잊고 산다.

나의 경우, 대충 계산하면, 삶이 나에게 주는 시간 중 2분의 1은 일이나 다른 개인사로 시간을 쫓으며 살고, 3분의 1은 자면서 시간을 잊고 산다. 나머지 6분의 1은 멍 때리거나 유유자적, 또는 재미있는 뭔가를 하면서 시간을 민다.

  시간을 잊거나 쫓는 6분의 5에 해당하는 시간은 나의 자유의지로 조정하기가 어렵다. 통제가 어려운 시간이다. 6분의 1에 해당하는, 시간을 미는 시간만이 내가 뭘 할지 선택할 수 있는 완전한 자유를 준다. 1년에 불과 2개월. 만약 내가 한국인의 평균 수명 80세까지 산다면, 또한 뭐가 됐든 일을 계속한다면, 내 삶은 이제 30년 남았고, 그중 6분의 1인 5년만이 자유 시간이다. 물론, 예기치 않은 질병 또는 죽음, 일을 언제까지 할 수 있는지에 대한 불확실성은 제외하고 말이다.

  나에게 주어진 남은 삶의 기회는, 생각보다 길지 않다.

병문안

2010년 여름 어느 날, 안 좋은 소식을 듣게 되었다. 옛날에 프로 젝트를 같이했던 전우 같은 후배, 비슷한 연배, 하지만 아직은 독신 남 M이 대장암 말기 진단을 받고 수술을 받아야 한다는 것이었다. 수술 성공 가능성이 불투명한 상황이라고 한다. 난, M과 가장 친한 친구 S와 함께 병문안을 갔다. 병원으로 향하는 동안 우리 둘은 말 이 없었다.

병실 문을 열고 들어가니 M이 침대에서 몸을 일으킨다. 좀 피곤 해 보이는 거 같기도 하고, 나른해 보이기도 한다. "술 좀 작작 처먹 어라, 이게 뭐냐?" 하며 욕을 했다. M은 그냥 배시시 웃는다. 병실 에 만두 같은 먹을 게 있는데 자기는 수술 때문에 못 먹으니까 우리 보고 먹으라고 한다. 때마침, 기억은 안 나지만 TV에서는 재밌는 드라마를 하고 있다. 우린 맛있는 걸 먹으며 드라마를 본다. "넌 못 먹지?" 하며 M을 약 올린다. 침대 옆에 긴 의자에 걸터앉아서, "야, 여기 완전 천국이네. 먹을 거도 많고 쉴 수도 있고, 좋겠다, 일 안 하고 쉬어서." 하며 부러운 척한다.

진짜 궁금한 건 단 한마디도 물어볼 수가 없다. 수술 성공 가능성이 얼마나 되는지, 마음이 어떤지, 괜찮은지. 그렇게 죽치고 앉아서 시간을 때우고 있는데, 원래 돌직구 화법을 쓰는 M이 말한다. "안 가요? 아 귀찮아. 가요 이제 좀, 자게." "아니, 이 드라마 다 보고 갈 건데? 너무 좋다, 여기. 더 있다 갈께." "아, 가라니까요?" "안 간다니까." 실랑이를 하다 주섬주섬 일어난다. 병실을 나온다. 병문 안 가서 쫓겨난 첫 경험이다.

집으로 돌아가며, 내 표정도 마음도 다시 굳어졌다. 초조하게 시간이 지났다. 달력을 보면 수술 결과 나오는 날이 커 보인다. 얼마 지나지 않아, 정말 다행스럽게도 수술이 잘됐다는 소식이 들렸다. 거의 완치에 가깝다고 한다. 심지어는, 당연히 조절해야 하겠지만 술을 마셔도 될 정도라고 한다.

시간이 흘러 이 글을 쓰게 된 최근, M이 그 당시에 어떤 마음이었는지 갑자기 궁금해진다. 죽음에 관해 진지한 고민을 하다 보니, 꼭 죽음은 아니더라도 죽음 직전이 상태가 궁금하다. 죽음이 다가온 사람들의 생각이. 돌직구를 좋아하는 M을 고려, 안부 따위는 생략하고 돌직구로 바로 물어본다. 6년 전 그때 어땠느냐고.

"음……. 아, 이제 술하고 고기는 못 먹나? 뭐 이런 걱정, 처음엔 좀 덜컥했는데 수술하면 잘되겠지 싶었어요. 막상 입원하고부터는 별로 긴장 안 되고 편하게……. 퇴원하기 좀 싫었죠. 아 그리고, 항암치료 하면 골치 아프겠다 싶었죠. 지나고 나서 그런지 무서웠던 기억은 그다지……. 수술 전에 내과 검사에서 예상 병기를 받는데 그때 사이즈 보고 3기말 정도 될 거 같다고 하더군요. 잠깐 그러고는 수술하기 전날 외출해서 소주 한 병 깠어요. 마지막 술인 줄 알고. 걱정해 봐야 달라질 것도 없구……. 사람에 따라 다르겠지만 3기말이면 예후가 좋진 않죠. 5년 생존율이 60%인가, 그랬던 거 같네요. 재발도 쉽고 여기저기 다른 장기로 퍼질 가능성이 높아지거든요. 당장은 안 죽겠지만. 암튼, 막상 닥치니까 덤덤해지고, 병원 일인 실 혼자 입원해 있는 게 편하고 좋더라구요. 푹 쉴 수도 있고."

시간이 흘러서인지 M의 대답은 그리 특별하진 않았지만, 솔직함과 현실감이 느껴진다. 오히려, 너무나 현실적이라 더 깊게 와 닿는다. 수술을 앞두고 가장 신경 쓰였던 건 죽느냐 사느냐, 얼마나 더 사느냐가 아니고, 지금 당장 술과 고기를 못할 수도 있다는 것, 항암치료를 할 수도 있다는 것이다. 죽음보다는, 하고 싶은 걸 못 하는 삶, 하기 싫은 걸 해야만 하는 삶이 더 신경 쓰인 것이다. 삶과 죽음에 관한 고뇌, 철학 따위의 것들은, 수술을 눈앞에 둔 바로 지금, 신경 쓰이는 게 아니다.

거꾸로 얘기하면, 내가 하고 싶은 걸 할 수 있는, 하기 싫은 걸 안 할 수 있는 것 자체로, 거창하게 삶의 의미까지는 아니더라도, 최소한 더 살고 싶은 이유가 되지 않을까.

암

지금은 회사를 떠난, 어떤 리더가 이런 얘길 했다고 한다.

"사람들 내공을 보면 세 가지 단계가 있는데, 첫 단계가 '지(知)', 두 번째 단계가 '덕(德)', 가장 높은 단계가 '도(道)', 근데, '덕'까지 갖춘 사람은 봤어도, '도'까지 이른 사람은 아직 못 봤다."

그 리더가 '도'를 어떤 경지로 본 건지 자세히 듣지는 못했지만, 난 그 '도'를, 직장인에 있어서는, 세속적인 일에 초연하면서도 할 일을 묵묵하게 해나가는 단계가 아닐까 막연하게 짐작했다.

최근에 난, 어쩌면 그 '도'의 경지 근처로 보이는 Y를 만났다. 나보다 연배가 높은 분인데도 겸손하게, 통제가 아니라 지원한다는 마음으로 차질 없이 일을 하며, 다른 사람들의 성향을 포용, 남을 잘 비난하지 않고, 어떤 큰 문제가 생겨도 뭔가 초연하다는 느낌이 들었다. 분명 뭔가 있겠다 싶었고, 난 언젠가 술 한잔하며 그의 삶에 대해서 듣고 싶었다.

그리고 그 기회가 왔다. 2016년이 얼마 남지 않은 겨울 어느 날, 같이 일하고 있는 동기 K와 함께 Y, 그리고 난 고기에 술 한잔하러 바레인으로 향했다. 그곳에서 Y의 인생 역정을 들을 수 있었고, 그 얘긴 내 예상을 넘어선 사연이었다.

십여 년 전, Y의 아내는 난소암에 걸렸다고 한다. Y는 2년간 병수발을 들었고, 아내 명의의 보험을 들지 않아 돈도 꽤 많이 들어서 경제적인 고통도 컸다고 한다. 정성을 다해 보살폈지만, 결국 아내는 세상을 떴다. 안타까운 일이지만 내게 더 충격이었던 건, 그 당시 Y가 회사에서 했던 일이었다. Y는 그 당시, 우리 회사 오기 전, 어떤 제조사에서 인사 업무를 담당하고 있었고, 회사의 감원 정책에 따라 그 일의 주무를 했다고 한다. 낮에는 사람을 자르고 밤에는 아내의 생명을 보살피는, 해가 뜨면 잔인해져야 하고 해가 지면 따뜻해져야 하는, 그런 이중생활을 꽤 오랫동안 한 것이었다. 매일 밤 죽어 가는 아내의 병수발을 들다가도, 감원 대상이 된 사람들이 퍼붓는 저주의 전화를 감내해야만 했다.

게다가, 한 가지 더 큰 충격. 난소암 수술을 하면서 의사가 가족들에게 경과를 보여 주었다고 한다. 얼음이 담긴 용기를 보여 주며, "이게 방금 전 떼어 낸 자궁입니다." "이게 방금 전 떼어 낸 난소입니다." 그걸 본 Y의 아버지는 쇼크를 받아서 치매에 걸렸고, 5년 후에 세상을 뜨셨다고 한다.

그렇게 아내를 떠나보내고 Y는 회사에 얘기해서 중국으로 근무지를 옮겨, 인사 일을 관두고 영업을 일 년간 했다고 한다. 잠시 우리나라를 떠서 힘들었던 것들을 털어 낼 수 있는 시간이 필요했다. 하지만 가혹하게도, 하늘은 고통의 한계 실험이라도 하는 듯, Y에게 계속되는 시련을 주었다. 7년 전, 같은 해에 Y와 그의 고등학생 아들도 암에 걸린 것이다. Y는 흉선암, 아들은 임파선암에 걸렸고, 다행스럽게도 Y는 수술로, 아들은 항암치료를 통해 치유되었다고 한다. 가족이 모두 다양한 암에 걸린 Y의 사연은, 병원에서 세미나 주제로 논할 정도였다고 한다.

Y는 이런 과정을 겪으면서, 세상에 생기는 문제들이 작아 보이기 시작했다고 한다. 성공에 대한 야망, 일을 하며 생기는 심각한 문제들 모두 가족, 죽음에 비하면 아주 작은 일이 되어 버린 것이다. 지속적인 시련이 그를 초연하게 만들었고, 우울하다, 힘들다고 생각한 내 자신을 부끄럽게 만들었다. 힘든 걸로 따지면, 난 말조차 꺼낼 수 없는 충격에 가까운 사연이었다. 죽음 직전의 경험을 하고 싶다는 생각도 얼마나 사치스러운 유희인지 반성했다.

그날, 같이 저녁을 먹은 동기 K도 몇 년 전에 폐암 수술을 받았다고 한다. 수술실로 들어가는 침대에 누워 몸에서 먼저 느낀 건 낮은 온도 때문에 많이 추웠다고 한다. 으스스 떨면서, 혹시 내가 잘못되면 어쩌나, 가족은 어쩌나 하는 생각밖에 없었다고 한다. Y도 흉선암 수술에 임박했을 때, 보험 명의를 누구로 돌려야 하나와 같은 현실적인 문제를 고민했다고 한다. K의 경우, 결혼 생활을 통틀어 아내와 나눈 대화보다, 한 달간 입원했던 그 시간에 더 많은 대화를 나누었다고 한다. Y는 이후 골프 모임 등을 끊고 주말에는 무조건 가족과 지낸다고 한다.

그들 둘 다 그런 시련을 겪고 나서 회사보다 가족을 중요하게 여기게 되었고, 가족과 평생 갈 친구에게 시간을 써야 한다고 조언한다. 죽음 직전의 경험을 하며 소중한 사람과의 관계를 가꾸는 게 얼마나 큰 삶의 가치인지 실감했고, 실천하고 있다.

짐작도 안 되는 부와 명예를 누렸던 스티브 잡스도 죽음을 앞둔 병상에서 다음과 같은 메시지를 주었다고 하는데, 위의 사연을 듣고 나니 더 깊게 공감이 된다.

'우리가 현재 삶의 어느 순간에 있든, 결국 시간이 지나면 우리는 삶이란 극의 커튼이 내려오는 순간을 맞이할 것이다. 가족 간의 사랑을 소중히 하라. 배우자를 사랑하라. 친구들을 사랑하라. 그리고 너 자신에게 잘 대해 줘라.'

바위

앞에서 잠깐 소개했던 카뮈의 『시지프 신화』, 좀 더 얘기해 볼까.

시지프는 지옥에서 벌을 받고 있다. 형벌은 '부질없는 무한 노동'. 바위를 산 위로 굴려서 올린다. 산 위에 바위가 다다르면 다시 밑으로 굴러 내려온다. 시지프는 다시 내려와 산 위로 바위를 올린다. 의미 없는 이 짓을 끝없이 계속해야만 한다. 이 신화는 누구나 다 얼핏 들은 적이 있다. 근데, 도대체 뭘 잘못했기에 시지프에게 이런 형벌을 준 걸까. 시지프는 절대자가 죽음을 명했지만 삶을 연장하기 위해 그 명령을 거부했다. 더 살고 싶어서 명령에 항거했고, 그래서 지옥에 떨어졌다. 삶의 열정이 죄목이다. 그렇다면, 형벌이 정말 심오하고 가혹하다. 어쩌면, 가장 삶에 가까운 형벌이 삶에 대한 열정이라는 죄의 응징이 되었다.

카뮈는 다음 글을 통해, 시지프가 얼마나 끔찍한 지옥에 있는지 묘사한다.

경련하는 얼굴, 바위에 밀착한 뺨, 진흙에 덮인 돌덩어리를 떠받치는 어깨와 그것을 고여 버티는 한쪽 다리, 돌을 되받아 안은 팔 끝, 흙투성이가 된 두 손.

이 신화가 비극적인 것은 주인공의 의식이 깨어 있기 때문이다. 만약 한 걸음 한 걸음 옮길 때마다 성공의 희망이 그를 떠받쳐 준다면 무엇 때문에 그가 고통스러워하겠는가?

바위를 산 위로 올릴 때마다 버텨 내야만 하는 극한의 육체적 고통이 첫 번째 지옥이요, 그 고통과 노력이 결국 부질없음을 아는 의식이 깨어 있다는 것이 두 번째 지옥이다.

하지만 카뮈가 '부조리', '자살'이라는 주제로 출발해서 '시지프 신화'를 마무리로 택한 이유는, 이런 지옥에서조차 밝음을 봤기 때문이다. 카뮈는 바위를 산 위에 올린 후, 굴러 떨어진 바위를 따라 다시 내려오는 휴지(休止)의 순간을 주목한다. 어쩌면 그 시간이 시지프에게 고통과 함께 기쁨과 행복을 줄 수도 있다고 본 것이다.

시지프의 소리 없는 기쁨은 송두리째 여기에 있다. 그의 운명은 그의 것이다. 그의 바위는 그의 것이다.

'부질없는 무한 노동'

이 지옥을 내 삶에 투영하면, '부질없다'와 '무한'에 대해 스스로 이렇게 물을 수밖에 없다.

내가 하는 노동은 부질없는 것인가.
이 노동은 언제까지 해야 하나.

둘 다 불확실하다. 내가 지금 사우디에서 하고 있는 이 프로젝트가 끝난다면, 인간의 편익 측면에서 보면, 분명 부질없지는 않다. 하지만 길게 보면 헷갈린다. 환경적으로는 오히려 자원 고갈과 대기 공해에 영향을 줄 수 있기 때문이다. 또한 프로젝트를 통해 완성된 시설도 영원하지 않다. 언젠가는 폐기되거나 대체될 것이다. 현세만 보면 가치 있다 쪽이지만, 긴 인류의 역사로 볼 때, 그에 비하면 눈 한 번 깜박거리는 찰나의 순간과도 같은 현세의 기간을 볼 때, 부질없다 쪽에 가깝다. 하지만 좀 더 정직하게 얘기한다면, 잘 모르겠다. 이런 생각조차, 나의 보잘것없는 머리로 할 수 있는 추측일 뿐이기 때문이다. 노동을 언제까지 해야 하는지도, 당연히, 내 삶이, 건강이 언제까지 허락될지 알 수 없으므로 이것 역시 잘 모르겠다.

그렇다면…….

노동이 부질없다는 걸 확실히 아는 시지프조차 산을 내려오며 기

쁨을, 나아가 행복까지 느낄 수 있다면, 가치가 불확실한, 즉 부질
없는지 확신할 수 없는 삶을 통해 기쁨을 느끼지 말아야 할 이유가
없다.

2016년 가을, 뉴스를 통해 접한 유명한 사연이 하나 있다.

'딸보다 하루만 더 살길⋯⋯.'

치매에 걸린 환갑의 딸을 돌보는 83세 할머니의 사연이었다. 사연
과 기사 제목만으로도 이미 내 안이 울컥했는데, 그 할머니의 말씀
이 나를 더욱 먹먹하게 만든다.

> "내 자식인데 힘든지는 모르고 내 자식이니까 항상 마음에 걱정되
> 고⋯⋯. 평생 학교에 다닌 적이 없지만 딸이 치매를 극복할 수 있도록
> 초등학교 과정을 함께 공부하고 있습니다. 이렇게 잘해요. 색칠하는
> 것도 이렇게 잘하고, 우리 딸 솜씨가 얼마나 좋은지 알아요? 제 소원
> 은 하나입니다. 딸보다 딱 하루만 더 살 수 있으면 좋겠다는 겁니다.
> 내가 곁에 없으면 딸이 남은 세월을 어떻게 살아갈지 벌써 눈앞이 캄
> 캄합니다. 지금은 딸이 내 옆에 없으면 못 살 거 같은데, 내 옆에 없으
> 면 내가 못 살 거 같아."

생계를 꾸리느라 어릴 적 많은 시간을 함께하지 못한 게 한이 됐

다는, 그래서 늘그막에라도 딸과 함께 보내는 이 시간이 인생에서 가장 행복하다고 말씀하시는 할머니.

할머니는 딸이 아프고, 내가 도울 수 있고, 같이 있어 지금 기쁘고 행복하고, 오늘 아침 눈이 떠져 삶이 남아 있어 다행이고, 하늘이 제발 딸보다 나를 하루만 더 늦게 데려가길 소망하며 남은 삶, 가지고 있는 모든 걸 쏟아붓는다. 어느 누가 감히 이 할머니한테 삶의 가치, 의미, 신념을 따질 수 있을까. 이 글을 쓰고 있는 내 손이 부끄러울 지경이다.

노동이, 삶이 가치가 있는지 없는지는 미지의 영역으로, 언젠가는 알게 될 수도 있고, 아니면 애당초 존재하지도 않았던 것일 수도 있는 미제(謎題)로 그냥 내버려 둔다. 산 위에서 다음 노동을 위해 천천히 뚜벅뚜벅 내려오며, 내가 할 수 있는 일을 했고 버텨 냈다는 홀가분함, 내 땀을 빛나게 만드는 햇볕, 내 걸음걸음 사각사각 밟히는 낙엽, 오늘따라 눈부시게 맑은 가을 하늘, 아침 출근길 인사하는 새의 지저귐, 보기만 해도 침이 꿀꺽꿀꺽 넘어가는 맛있는 음식, 아침에 내 감각을 기분 좋게 만드는 커피 향과 빵 굽는 냄새, 앞발로 내 다리를 툭툭 치며 장난치는 아기 고양이, 내가 가진 걸 다른 사람들과 나누는 기쁨, 문득문득 날 미소 짓게 하는 추억, 서로 격려하고 위로하는 고맙고 든든한 동료, 침 튀기며 수다 떨 수 있는 유쾌한 친구, 언제나 내 편인 가족의 저 따뜻한 눈빛, 이런 것들이 우릴 기쁘게, 행복하게 만들지 않을까. 내가 살아 있음을 축복하며.

또 한 가지 우릴 설레게 만드는 건 삶의 가치가 미제인 것과 마찬가지로, 어떤 기쁨이 앞으로 날 기다리고 있는지도 모른다는 사실이다.

나에게 주어진 시간, 즉 삶의 기회가 남았다는 것, 나에게 주어진 것을 아직은 다 소진하지 않았다는 것, 그것 자체로 기쁨이지 않을까.

따뜻한 무관심

'관계'편 '견묘토론'중에 '이방인'에 나왔던 '정다운 무관심'에 대해서, 이런 말이 있다고만 하고 그냥 쓱 지나갔다. 그 얘길 마저 해 볼까.

'관계'편에서 나름 인간관계에 대하여 이것저것 정리를 해 봤는데, 그래서 뭐, 앞으로 어쩔 건지, 맨 뒤에 주저리주저리 썼다. 만약 그 길고 지루한 수다를 함축적인 단어로, 생각의 기초를, 모든 것을 아우르며 짧게 표현하라고 한다면, 말장난 같지만 이렇게 말할 수도 있겠다.

'따뜻한 무관심'

관계에 관한 지나친 집착이나 혐오, 또한 다른 사람들의 삶에 과도한 관여나 강요를 하지 않는 '무관심'. 그러면서도 인간과 삶에 대한 애정의 끈을 놓지 않는 '따뜻함'. 이 두 가지를 다 가지고 있다면, 초연하면서도 냉소적이지 않은, 성숙함과 순수함을 다 얻을 수 있지 않을까.

이 또한 뭘 쓰잘 데 없는 언어의 유희, 말장난이냐 할 수 있다. 하지만 이렇게 관념적으로 보이는, 앞뒤가 안 맞는 말을 현실 세계에서 실천으로 옮길 수 있다. 예를 들면, 지금 내 앞에 먹을 게 없어 굶주린 야생 고양이가 있다. 난 고양이가 먹을 수 있는 밥을 놓는다. 하지만 그 고양이는 나를 경계한다. 가까이 접근하는 건 그 고양이의 영역 경계를 침범하는 것이다. 예의가 아니다. 밥을 놓고, 멀찍이 떨어진다. 그 떨어진 거리 때문에 고양이는 편안하게 밥을 먹을 수 있다. 고양이가 날 계속 경계하면서 접근을 허락하지 않더라도 서운해하지 않는다. 난 그 고양이에 대한 연민, 생명에 대한 애정이라는 따뜻한 감성에 따라, 내가 줄 수 있는 걸 준다. 그냥 그것만 한다. 지나친 접근이나 접촉을 자제하며, 과도한 관심으로 인해 생길 수 있는 부담의 선을 넘지 않는다.

　사람도 마찬가지. 먼발치에서 잘 살길 응원하는 후배가 있다. 이 후배는 고전적인 책과 영화를 좋아한다. 내가 본 책이나 영화 중에 그 후배가 보면 재밌어 할 것들이 생기면, 그냥 추천 정보만 준다. 또 어떤 후배는 인문학에 관심이 있다. 그런 쪽으로 괜찮은 책을 보면 추천하고, 의미 있는 생각이 들면 나눈다. 또 다른 후배는 일상의 소소한 얘기에 격하게 웃는다. 개그코드가 통할 것 같은 에피소드가 생기면 나눈다. 후배가 그런 것들을 고마워하는지, 내가 어떻게 살고 있나 궁금해하는지, 관심을 접는다. 서운해하지 않는다. 내가 줄 수 있는 것만 준다. 그뿐이다.

　이건 어쩌면, 관계뿐 아니라 삶에 적용할 수도 있지 않을까.

　우울한 기운이 나를 휘감는다. 죽음을 포함해서, 보잘것없는 인간의 머리로는 도저히 알 수 없는 미지의 것들이 어둡게 내 삶을 감싼다. 난 그것들의 정체를 알기 위해 지나치게 애쓰지 않는다. '미지'를 '미지' 그대로, 다소 무관심하게 놔둔다. 마치 거리를 두고 무심하게 고양이를 보듯이, 관찰자 시각으로 내 안을 들여다본다. 어쩌면 죽을 때까지도, 죽고 나서도, 그 정체를 알 수 없을지도 모른다고, 너무나도 하찮은 나의 감정이란 놈이 느꼈을 뿐 애당초 존재하지도 않은 것일지도 모른다고, 숨을 길게 가져가며 여유를 가진다.

　그러면서도 삶에 대한 애정은 버리지 않는다. 따뜻한 온도를 지킨다. 삶과 죽음의 정체를 알고 싶은 호기심 때문에, 파면 팔수록 자꾸만 스멀스멀 다가오는 허무와 냉소가 따뜻한 애정을 갉아먹는 연결 고리를 끊는다.

　문득, 비틀즈의 명곡 〈Let it be〉 생각이 난다. 가사가 보면 볼수록 심오하다. 짧은 문장이 반복되지만, 그 울림이 너무 크다.

내가 시련의 시간에 있을 때, 내가 암흑의 시간에 있을 때, 가슴이 찢어지는 아픔을 겪는 사람들에게, 엄마가 말해 줘요. 지혜의 말이 속삭이죠.

'내버려 둬.'

다 잘될 거라는 상투적인 희망의 소리가 없는데도, 어쩌면 무심해 보일 수도 있는, 그냥 내버려 두라는 말이 왜 이리 따뜻하게 느껴지는 걸까. 엄마의 힘인가. 음악의 힘인가.

상담사님이 추천하셨던 책의 저자인 에크하르트 톨레(Eckhart Tolle) 같은 영적 스승이라 불리는 많은 현자들이, 과거나 미래가 아닌 바로 지금 이 순간의 소중함을 강조하며, 심지어 온전히 내 것인 것 같은 나의 감정조차도 진짜 내가 아닐 수 있으니 관찰하는 기분으로 초연히 들여다보고, 존재(Being) 그 자체를 깨달으라는 가르침과 맥락이 비슷하다. 물론 난, 그런 경지가 어떤 건지 아직은 짐작조차 못하는 어리석은 미숙아지만.

암튼 그렇게, 따뜻한 시선으로 세상을, 사람을, 내 안을 초연하게 보며, 나에게 주어진, 결코 길지 않은 삶의 기회를 모두 소진해 볼까.

02.
그냥, 수다

'의미'는 '애정'을 만들고, '애정'은 '영혼'을 만들고,
'영혼'은 '열정'을 만들고, '열정'은 일을 끝까지 할 수 있는
'에너지'의 근원이 된다.

낙타-1

2012년 여름, 진단 T/F(Task Force, 임시조직) 활동 당시, 매일 자정이 넘게 빡세게 일하면서도 한 조에서 같이 일했던, 심하게 웃겼던 R과 P 때문에 지금도 가끔 생각하면 '품' 하게 되는 추억이 있다.

인사 출신 R, 지원 출신 P, 그리고 사업 출신 나는 진단 차원에서 사우디의 한 현장을 방문했었다. 사우디 진단 업무 착수 첫날, 우리 세 명은 현장에 설치된 임시 흡연장에 앉아, 왔다 갔다 하는 작업자들을 무심하게 쳐다보면서 잠깐 멍 때리고 담배를 뻐끔뻐끔 피웠다. 그러다, P가 특유의 느릿느릿한 말투로,

"아니~ 다리 밑으로 뜨거운 바람이 솔~솔~ 들어오네. 누가 히터 틀었나."
"여기 사우디잖아(붕신 아냐)."

우리 세 명은 서로 얼굴을 쳐다봤다. 잠깐 몇 초간 정적이 흐른 뒤, 누가 먼저랄 것도 없이 동시에 뿜 터져서 한참을 허리가 꺾여 웃

어야 했다.

그러다, 입술을 앞으로 내밀고 담배를 뻐끔뻐끔 피는 P의 옆모습을 보니 영락없는 낙타다. 낙타가 오물오물 뭔가를 씹을 때랑 똑같다. P의 별명은 낙타가 됐다.

그날 이후, 나와 R이 심심할 때마다 P한테 "낙타" 하면, P는 오물오물 씹는 표정을 지어서 우릴 웃게 만들었다.

일의 의미

후배들을 보다 보면, 가장 안타까운 경우는 일을 하는 의미를 잃어버리고 일에 대한 애정도 느껴지지 않을 때이다.

'의미'는 '애정'을 만들고, '애정'은 '영혼'을 만들고, '영혼'은 '열정'을 만들고, '열정'은 일을 끝까지 할 수 있는 '에너지'의 근원이 된다. 즉, 의미를 잃어버렸다는 것은 일을 하는 기초, 동력과 지향점이 없다는 것과 같다. 일을 하면서 내가 가야 할 지도가 없는 것이다. 일을 하는 기술이나 요령은 이런 가치와 비교하면 낮은 차원이다.

삶에 관한 의미와 같은 거창한 얘기는 앞에서 이미 했으니, 여기서는 일이 나에게 주는 의미에 국한하자.

어떤 사람들, 특히 현실주의 또는 세속주의가 강한 사람일수록, 일이란 결국 먹고 살려고 하는 거지 뭔 의미 타령이냐는 냉소적인 반응을 보이곤 한다. 그들은 '의미'를 현실적으로 전혀 도움이 되지 않는, 관념적인 탁상공론으로 인식한다. 하지만 그렇지 않다. 의미는 현실적인 지향점을 설정하게 해 준다. 의미는 '내가 이 일을 함으로써 무엇을 얻을 것인가?', 지극히 현실적인 질문에 답을 준다.

의미 없이 일을 하는 사람은 표면적이고 형식적으로, 꾸역꾸역 일을 하는 것처럼 보인다. 영혼 없이 기계처럼 일을 한다. 의미를 잃어버리는 이유는 정말 다양하다. 애초에 의미를 알지 못하고 일을 시작하는 경우도 있지만, 일을 하면서 기대와 다른 뭔가로 인해 좌절이 반복되며 자기도 모르는 사이에 의미와 애정이 잠식되는 경우가 많다.

"이번에 진급이 누락되면서 제가 했던 노력이 억울하고, 일에 대해서, 뭐랄까…… 정나미가 뚝 떨어졌어요. 솔직히 지금은 될 대로 되라지 뭐 하면서, 최소한의 제 역할만 하고 있습니다."

"우리가 아무리 노력을 해도 일정이 계속 지연되면서 좌절했고 일에 대한 희망이 사라졌어요. 의지대로 되지 않는 게 너무 많아요. 하루하루 버티는 게 제가 할 수 있는 유일한 거죠."

"해외 생활이 길어지다 보니 너무 지쳤어요. 몸과 마음이 지치니까 일도 재미가 없어요. 지금은 그저 빨리 집에 가고 싶은 생각밖에 없어요."

"리더가 나랑 일하는 방식이 너무 안 맞아요. 내 얘기를 경청하지도 않고 나 나름대로 계획이 있는데 그건 전부 무시하고 일방적인 지시만 해요. 주도적으로 일을 하려고 했는데, 지금은 그냥 시키는 대로 하자는 생각이에요. 부딪히고 싶지 않거든요. 부딪히면 저만 피해를 볼 테니까요."

흔히 접할 수 있는 대화에서 알 수 있듯, 의미를 잃어버리게 만드는 건 일 자체의 문제보다는 일을 둘러싼 환경인 경우가 압도적으로 더 많다. 위의 대화 순서대로 나에 대한 평가, 비즈니스 환경, 지역적 환경, 사람 관계가 내가 가지고 있던 일에 대한 애정을 갉아먹는 환경적 요인이 되었다.

여기서 한 가지, 우리가 짚어야 할 게 있다. 나에게 악영향을 주는 그런 환경은 내가 통제할 수 없는 경우가 그렇지 않은 경우보다 훨씬 많다는 것이다. 즉, 내가 통제할 수도 없는 것들로 인해 나의 지향점이 흔들린다. 노력은 내가 통제할 수 있지만 평가는 통제하기 어렵다. 비즈니스와 지역적 환경, 내 주변 사람들의 특성 역시 내가 통제하기 힘든 것들이다. 만약 이런 것들로 인해 의미가 흔들린다면, 그 의미는 잘못 설정된 게 아닐까?

'이번 일을 하면서 내 능력을 부각시켜서 진급해야지.'

'일을 방해하는 척박한 환경을 개선해야겠다.'

'첫 해외 경험이다. 새로운 것들, 아! 기대된다.'

'같이 일하는 사람들을 모두 내 편으로 만들겠어.'

　위와 같은 것들은 환경이 바뀌지 않으면 좌절할 수밖에 없는, 막연한, 근거 없는 낙관, 흔들리기 쉬운 의미들이다. 환경을 바꾸는 일은 생각이나 의지보다 훨씬 더 어렵고, 불가능한 경우가 많기 때문이다. 환경에 흔들리지 않으려면, 일을 하는 의미가 내가 통제할 수 있는 것이 되어야 한다.

'이번 일을 하면서 내가 부족했던 전기 계통 기술력을 습득해서 성장해야지. 일주일에 적어도 매뉴얼 하나씩 공부해서 내 걸로 만들자.'

'척박한 비즈니스 환경을 바꾸는 건 어려우니까 의지를 걷어내고, 이 환경에 맞게 실현 가능한 현실적인 목표를 재정립하고, 그에 맞는 대응 전략을 세워야지. 그럼 그게 이번 일에 적합한 맞춤형 실행 모델이 되겠군. 그게 다음 유사한 일에 내 자산이 될 거구.'

'이 지역은 주변에 문화 경험을 할 데가 많네. 일을 끝내기 전까지 최소한 세 군데를 여행하고 추억을 만들어야겠다.'

'여긴 주변에 갈 데가 없네. 해외에 혼자 있게 된 걸 유익하게 만드는 게 뭐가 있을까? 절에 들어왔다 생각하고, 계속 미루었던 공부를 해야겠다. 그래서 올해 안에 자격증 취득해야지.'

위의 것들은 내 의지로 실현이 가능한 의미들이다. 회사가 부여하는 일의 의미와는 별개로 내가 이 일을 해야 하는, 이 일을 함으로써 내가 얻을 수 있는, 내가 통제할 수 있는 것들이다. 만약 회사가 나를 척박한 환경에 넣는다면, 반항심을 가지는 것도 나쁘지 않다. '감히 나를 이런 곳에 몰아넣어? 그렇다면 나는 이 척박한 환경을 나한테 유익한 환경으로 만들겠어.'

예를 들어, 만약 회사가 나를 주변 환경이 숙소를 나와 돌아다니기조차 어려운 너무나 열악한 장소에 넣었을 경우, 거꾸로 생각하면 그 열악한 환경은 나에게 혼자만의 시간을 가질 수 있는 기회가 된다. 버킷 리스트에 있는데 그동안 싸돌아다니며 놀다가 미뤄 왔던, 혼자만의 시간이 필요한 목표를 성취할 수 있는 시간을 만들 수 있다. 사람도 그렇지만, 모든 환경은 단점이라는 손바닥과 그 단점으로 인해 생기는 장점이라는 손등이 있다. 나는 그 장점만 취하면 된다. 그럼 그게 일이 가지는 의미로 연결된다.

나의 경우, 4년 동안 슬로바키아, 인도, 멕시코에서 프로젝트를 수행하며 머물렀던 숙소는 세계 40개국을 경험할 수 있었던 여행 베이스캠프가 됐다. 또한 사우디에서의 사막 한가운데 숙소 1년은 글쓰기라는 좋은 친구를 만나게 해 준 작업장이 됐다. 이런 것들이 일에 의미를 부여하고 실천했을 때 뭔가를 얻을 수 있었던 실질적인 사례라고 감히 말할 수 있다. 그렇게 일에 의미가 강해질수록, 나에게 그런 기회를 준 일에 대한 애정도 깊어진다. 그 애정이 내 안에 심어 주는 열정은 냉소라는 놈이 비집고 들어올 틈을 주지 않으며 일을 계속할 수 있는 동력이 된다.

그렇게 새로운 일을 받았을 때 의미를 가지면, 나는 그 의미가 주는 지향점을 향해 가며 성장한다. 그런 선순환이 반복되면 진화가 된다.

낙타-2

2013년 인도 파견 시절, 어떤 인문학 박사의 강의를 들었다. 강의 중 낙타의 습성에 대해서 소개를 했는데, 재밌다.

> "겨울에 들판에서 텐트를 치고 있으면, 추우니까 낙타가 텐트 안으로
> 머리를 들이밀어요. 그때 조심해야 해요. 못 들어오게 해야 합니다.
> 머리가 들어오는 걸 허락하면요, 어느 순간 낙타가 텐트를 차지하고
> 사람들은 밖에 있게 돼요."

처음에 밥만 먹여 달라고 집에 들어와서, 결국 안방을 차지하는 뻔뻔한 인간들을 조심하라는 얘기를 낙타로 비유한 것이었다.

그 얘기를 듣는데, 텐트 안에 들어와 사람들을 내쫓고, 천하태평, 뻔뻔하게 누워서 입을 오물오물 거리고 있는 P가 자꾸 상상이 돼서 강의를 듣다 혼자 웃었다.

일의 유형

'일의 유형은 뭐가 있지?' 이 질문은 생각보다 꽤 광범위한 물음이다. 일의 종류를 나누는 기준점이 너무나 다양하기 때문이다. 일의 가치, 속성, 주체, 시급성과 중요성, 시점 등에 따라 종류가 나뉜다. 일을 기준점에 따라 쫙 한번 펼쳐 보자.

기준 Baseline	일의 유형 Category	
일의 가치 Value	자산성 업무 Asset	휘발성 업무 Volatility
일의 속성 Attribute	내용 Contents	흐름 Flow
일의 주체 By Whom	타인 업무 Others	자기 업무 Self
시급성 Urgency	시급 업무 Critical	여유 업무 Float
중요성 Gravity	高 영향 업무 High Influence	低 영향 업무 Low Influence
일의 시점 Timing	선행 업무 Lead	후행 업무 Lag

왜 일의 유형을 알아야 할까. 결론부터 얘기하면, 첫째 내가 쏟아야 하는 공력을 설정하고, 둘째 일의 우선순위를 정하기 위함이다.

벤더빌더 대학 르네마로아 교수의 연구 결과를 본 적이 있다. 두 가지 과제를 동시에 처리한 사람들이 하나씩 순서대로 처리한 사람들보다 시간은 30% 더 걸렸고, 실수는 두 배 이상 많았다는 결과였다. 여러 가지를 펼쳐 놓고 일을 동시에 하는 모습은 하나씩 일을 하는 것보다 더 많은 일을 하고 있는 것 같은, 좀 더 능숙해 보이는 느낌을 줄 수 있겠지만, 일의 속도와 질을 모두 떨어뜨리는 원인이 된다. 그래서 우선순위가 중요해진다. 또한, 우리는 기계가 아니다. 에너지의 완급 조절이 필요한 생물이다. 모든 일에 에너지를 다 쏟아부으며 할 수는 없다. 그렇게 할 필요도 없다. 하나씩 하나씩 처리해 나간다. 옳은 우선순위와 적절한 공력 조절에 따라, 일 잘하는 사람과 일 못하는 사람이 된다.

기준점 1 : 일의 가치 - 자산성, 휘발성

『하코검고』 시즌1에서 얘기했듯 회사 입장이 아닌 그 일을 하는 사람의 입장에서 일을 가치에 따라 나눈다면, 어떤 업무는 그 업을 계속하는 한 도움이 되는 자산성 업무가 있고, 반대로 그 일이 끝나면 크게 도움이 되지 않는 휘발성 업무가 있다. 자산성 업무는 기술력 또는 관리력을 성장시킬 수 있는 일의 내용이나 흐름과 관련된 업무이다. 휘발성 업무는 일회성 이벤트 또는 형식적 절차와 같은 업무이다. 당연히 자산성 업무에 공력을 많이 들여야 하고, 휘발성 업무는 공력보다는 요령이 요구된다.

자산성 업무는 공력을 들인 만큼 나에게 자산이 된다. 다음에 유사한 일을 할 때, 내가 쏟아부은 공력은 나에게 기억을 준다. 그게 반복되면, 기억은 나의 일 근육이 되어 익숙해지고 나만의 강점, 노하우가 된다. 반면, 휘발성 업무는 일을 죽인다 또는 끊는다는 느낌으로 빠른 속도로 처리한다. 여기서 끊는다는 건, 일을 끝낸다는 뜻이 아니다. 역할을 명확히 하고, 내가 할 일을 끊는다. '나는 여기까지, 지금부터는 당신의 업무입니다. 당신의 피드백이 오기 전까지 난 다른 일에 몰입합니다.' 이런 식으로 일을 끊는다. 내가 하는 것도 아니고 네가 하는 것도 아닌, 애매모호한 상태는 일을 공중에 띄워 흘러가지 않게 만든다. 역할과 주체는 일의 진행에 따라 유기적으로 같이 움직여야 하고, 명확해야 한다.

기준점 2 : 일의 속성 – 내용, 흐름

일은 속성에 따라 크게 내용과 흐름으로 나눌 수 있다. 예를 들어, 고객에게 보낼 중요한 공문을 만든다고 해 보자.

"비난조의 강한 톤보다는, 첫 단계니까 부드러운 협조 요청의 공문 초안을 만들어 봐."

"감정적인 단어를 배제하고, 철저하게 사실 위주로 기술하자. 불확실한 건 추정하지 말고, 향후 사실 파악해서 보강하겠다는 약속만 하는 게 좋겠어."

"본문은 최대한 간략하게 우리의 입장만 표현하고, 자세한 사실 관계는 모두 첨부로 작성하자."

위의 대화는 모두 그 공문 안에 뭘 어떻게 넣을지에 관한, 내용과 관련된 일들이다. 물론 그 내용은 공문의 성격에 따라 마케팅, 사업, 기술, 경영, 재무, A/S 등 다양한 것들이 될 수 있다.

"설계 내용은 기술팀에서 정보를 받고, 사업팀에서는 경과 등 사실 관계, 우리의 입장 넣어서 초안을 만들자. 그 후 계약팀과 법무팀에서 의견 받고, 최종 승인 절차 진행하자."

"우린 지금 고객의 요구를 정확히 알고 있나? 우리가 파악하지 못한 뭔가가 이면에 있는 건 아닐까. 우선 고객과 화상회의를 해서 그들의 정확한 요구를 다시 확인하고, 대응 공문 방향을 잡자."

"음……. 이거 예민한 건이라 경영진과 상의를 해야겠군. 본사와 전화 미팅해서 공문 대응에 관한 공감대 형성하고 나서, 초안을 준비하는 걸로 하자."

반면, 위의 대화들은 모두 공문의 내용보다는 어떤 절차로 공문을 보낼 것인지, 즉 일의 흐름에 관한 주제이다. 옳은 내용의 일을 했느냐보다 적절한 흐름을 밟았느냐가 더 중요한 경우가 의외로 많다. 적절한 흐름을 밟지 않은 일은 그 일의 내용과 상관없이 옳지 않은 일이 될 수 있기 때문이다.

모든 일은 내용과 흐름 다 챙겨야 하지만, 보통은, 기능 또는 기술 업무는 내용이 중요하고, 경영 또는 사업 업무는 흐름을 지배해야 한다.

내가 하고 있는 업무가 내용인지 흐름인지를 인식해야 하는 또 다른 이유가 있다. 둘 중 하나도 놓치지 않기 위함이다.

"공문이 내 검토도 없이 제출됐네? 공문의 요점이 뭐지?"
"아 그거, 기술팀에서 만들어서 받았고요. 그대로 제출했습니다."
"알겠고, 요점이 뭐냐고."
"그건…… 그게…….."
"이런 중요한 공문을 내용 검토 없이 그냥 내보내면 어떡해! 절차만 챙기지 말고 내용을 챙겨."

흐름만 챙기다가 내용을 간과해서 욕을 먹는다.

"내용은 나랑 상의한 대로 송부되었네. 근데, 법무팀 검토 받았지?"

"어…… 아뇨……. 그냥 보냈는데요."

"아놔, 보내기 전에 법무팀 최종 검토 받으라고 했잖아! 공문 발신 철회하고 법무팀 검토 받고 다시 보내."

이번엔 반대로, 내용만 챙기다가 절차를 놓쳐서 욕을 먹었다. 내가 지금 내용을 챙기고 있는지 흐름을 챙기고 있는지 인식하고 있어야 하고, 둘 중 하나도 놓치는 일이 없도록 해야 한다.

기준점 3 : 일의 주체 – 타인 업무, 자기 업무

누가 일을 하느냐를 기준으로, 다른 사람의 협업이 필요한 타인 업무, 내가 직접 일을 해야 하는 자기 업무로 나뉜다. 일반적인 경우, 일의 우선순위는 타인 업무가 자기 업무보다 높아야 한다. 모든 일은 흘러가야 한다. 어떤 일이 특별한 이유 없이 흐르지 않고 멈춰 있다면, 그건 바보 같은 시간(Dummy Float)이 된다. 자기 업무와 타인 업무가 내 앞에 있는 경우, 만약 자기 업무를 먼저 한다면, 타인 업무는 멈춰 있게 된다. 내가 자기 업무를 끝내는 시간만큼 바보 같은 시간이 흘러 버린다. 타인 업무를 신속하게 분배하고 내 업무에 몰입하면, 두 가지 일이 멈춰 있지 않고 같이 흐른다.

기준점 4 : 시급성 – 시급 업무, 여유 업무

시급성에 따라 시급 업무와 여유 업무로 나뉘는 건 당연하고, 시급 업무부터 처리해야 하는 것도 너무나 당연하다. 프로젝트 매니지먼트 이론 PMBOK에서는 시급 업무를 'Critical Path'라는 이름으로 다음과 같이 정의했다. 'Critical Path is Float = 0(Zero)' 즉, 여유 시간이 없는 게 시급 업무이고 지금 당장 해야 하는 일이라는 것이다.

시급 업무를 제외하고, 여유 업무는 우선순위가 필요하다. 여유 시간(Float)이 얼마나 있느냐에 따라 우선순위가 정해진다. 이론적으로는, 열흘의 여유 시간이 있으면 열흘 후에, 한 달의 여유 시간이 있으면 한 달 후에 하면 된다. 하지만 이건 어디까지나 이론일 뿐이다. 논리적으론 맞지만, 현실은 틀린 경우가 너무나 많다. 바로, 모든 일이 가지는 불확실성이라는 리스크 때문이다. 예상하기도 통제하기도 어려운 것들이 일을 하다 보면 툭툭 튀어나온다.

예를 들면, 해외 제조사의 전문가를 불러야 하는 일이 있다 치자. 일정 계획(Schedule)에는 여유(Float)가 1개월 있다. 1개월 동안 여유를 부리다가, 갑자기 생각이 난다. 시간이 임박해서 부랴부랴 제조사에 전문가를 보내 달라고 요청을 한다. 제조사에서 다음과 같은 회신이 온다. '해당 전문가가 현재 1개월 동안 휴가 중이다. 한 달 후에 보내거나, 대체 전문가를 찾아보겠지만 신속하게 보낼 수 있는지 장담할 수 없다.' 여유 부리다 망했다.

'여유'의 함정에 빠져 시간이 무의미하게 흘러가다가, 어느 순간 '여유(Non-Critical)'가 '시급(Critical)'이 된다. 일 잘하는 사람은 '여유'를 '시급'이 되지 않게 예방을 잘한다. 미리미리 챙긴다. 반대로, 일을 못하는 사람은 시간을 허비하다가 '여유'가 '시급'이 되고, 이런 일이 반복되어 수많은 '시급'을 챙기느라 항상 시간에 쫓기며 정신없고 산만하게 일을 한다. 첫 번째 책에서 얘기했던, 타자가 공을 칠 때는 멍 때리고 있다가 공이 가까이 와서야 뛰기 시작해서 넘어지며 어렵게 공을 받아서 박수를 받는 불안정한 야구선수 같이 일을 한다. 일 잘하는 사람은 미리 뛰고 실제 그 일이 임박하면 여유를 즐긴다. 그 여유 시간에 또 다른 가까운 미래의 일을 미리 챙긴다.

'여유 있는 일은 없다'라는 생각을 기초로 일을 하면, '여유'의 '함정'에 빠지지 않는다.

기준점 5 : 중요성 - 高 영향, 低 영향

중요성이란 그 일의 결과가 주는 영향의 정도에 따라 구분된다. 영향이 크면 중요한 일, 그렇지 않으면 덜 중요한 일이다. 어떤 일을 중요하게 보고 어떤 일을 덜 중요하게 보는지는, 일 잘하는 사람과 일 못하는 사람을 분별하는 요인 중의 하나이다. 왜냐하면 중요한 일을 간파해 내는 촉은 그 일이 주는 영향을 알고 있기에 가능하기 때문이다. 그 촉은 보통 '일머리'라고 불리는 지능과 경험에서 나온다.

일의 중요성은 내가 얼마나 공력을 쏟아야 하는지에 대한 답을 준다. 중요성에 따라 내 공력을 조절하며, 일이 나를 지배하는 걸 막고 내가 일을 지배한다.

기준점 6 : 일의 시점 – 선행, 후행

일은 시점에 따라 먼저 해야 하는 선행 업무와 나중에 해야 하는 후행 업무로 나뉜다. 당연히 선행 업무가 우선순위가 높다. 후행 업무는 지금 미리 할 수 있는 것만 챙긴다. 선행 업무의 결과에 따라 후행 업무가 결정되는 경우, 여러 가지 가능성을 열어 놓고 지금 할 수 있는 게 뭔지 인식하고 챙긴다. 불확실한 미래에 불필요한 공력을 너무 많이 쏟지 않는다. 선행과 후행, 흐름에 맞게 물 흐르듯 일을 한다.

피터 드러커는 '이미 발생한 미래를 인식해야 한다(The important

thing is to identify the future that has already happened).'라고 얘기했다. 물론 회사의 경영자 입장에서 강조한 내용이지만, 일을 하는 리더, 관리자, 실무자 모두, 이미 발생한, 피할 수 없는 미래를 대비하며 업무에 임해야 한다. 아직 발생하지 않은 불확실한 미래에 공력을 들이는 것보다는, 예측 가능한 미래부터 챙기는 데 에너지를 몰입해야 하지 않을까.

  이렇게, 일을 나누는 여섯 가지 기준점과 그에 따른 유형을 정의해 보았다. 이런 것들은 내가 하고 있는, 해야 할 일의 정체를 좀 더 명확하게 알게 해 주고, 일이 가지는 가치와 의미, 적절한 에너지의 배분과 우선순위 설정, 놓치는 것을 방지하는 데 도움이 된다. 이런 관념적 유형과 현실적 실무가 적절하게 연결되고 익숙해지면 나만의 강점과 노하우가 되고, 나는 일 근육이 발달된 일 잘하는 사람이 된다.

낙타-3

　다시 2012년, 진단 T/F 팀은 우리가 현업에 뭔가를 요청할 때 권위를 올리기 위해 '진단팀장' 이름의 메일 계정을 만들었다.

　어느 날, 나와 R, P는 말은 안 했지만, 뭔가 재밌는 일 없을까, 우리 심심하지 않게 만들 뭔가가 필요했다. 그때 내가 번득 생각난 게 있어서 제안했더니, 바로 하자고 한다. '진단팀장' 명의로 친한 직원한테 장난을 치자는 거였다. 우린 만만한 놈이 누가 있을까 물색했고, R과 친한, 순진하고 시골스러운 일꾼 J가 낙점됐다. 내가 키보드를 잡았고, R과 P는 내 책상에 모여서 모니터에 얼굴을 들이밀며 같이 봤다.

　(진단팀장) 장 과장
　- 1분 경과 -
　(장) 네, 안녕하십니까.
　(진단팀장) 그쪽은 지금 몇 시인가?
　(장) 네, 여기는 현재 20시 20분입니다.

(진단팀장) 요즘 힘들지. 사람들 몇 시쯤 출근하나?

(장) 저희 인력들 말씀입니까?

(진단팀장) 그래.

(장) 아침 6시 기상하고, 7시까지 출근하고 있습니다.

(진단팀장) 그래, 수고하고 잘돼 가나?

(장) 처음 해 보는 일이라 좀 서투르지만 많이 노력하고 있습니다.
　　모두 모여서 토론도 하고요.

(진단팀장) 그래. 출근은 낙타 타고 하나?

– 1분간 답을 못함 –

(장) 아닙니다. 차로 출근하고 있습니다. 출근은 약 20분 소요됩
　　니다.

(진단팀장) 그래, 수고하세요.

(장) 네, 감사합니다.

우리 세 명은, 특히 '낙타 타고 출근하나?' 질문에 군기가 바짝 든 J가 뭐라고 답을 할지, 바보가 아니라면 장난이란 걸 알아채겠지? 답을 못하고 있는 1분 동안 우리가 웃어도 소리가 전달되지 않는다는 걸 알면서도, 터져 나오는 웃음을 참느라 많이 힘들었다. 대화를 끝내자마자 R이 '이건 뭐지?' 하고 있을 J한테 장난이었다고 알려 줬고, 우린 장난을 성공시킨 성과를 자축했다.

소통-1

　일을 함에 있어, 소통이 얼마나 중요한지는 귀가 따갑게 듣는 말이다. 너무나 많은 책에, 너무나 많은 사람들이 강조해서 이제는 식상하고 지겨울 정도이다. 비슷한 줄거리로 또다시 강조하고 싶진 않다. 여기선, 일에 있어서 소통이 왜 중요한지에 관한 본질, 소통을 잘한다는 건 어떤 건지에 대해, 직장인의 시각에서 현실적으로 짚어보자.

　각론으로 들어가면, 소통이 중요한 이유는 수없이 많다. 공감대형성을 위해, 적극적인 조직 문화를 위해, 구성원의 참여도를 올리기 위해, 서로를 이해하며 존중하는 팀 정신을 위해, 타인을 배려하기 위해 등등. 순수한 이유들로 보이나, 따지고 보면 다 표면적인 이유이다. 본질적인 이유는 단 한 가지이다. 바로 '일을 잘하기 위해서'이다.

　껍데기를 다 벗기고 본질로 들어가면, 소통을 잘해야 하는 이유는 기업이 성과를 내기 위한, 지극히 자본주의적 가치를 위해 필요한 것이다. 인간적이고 감성적인 이유는 근본적인 목적이라기보다는 그 목적을 달성하기 위한 수단이거나 또는 일과 상관없이 개인의 가치로 추구하는 것이다.

거창한 얘기는 이쯤 하고, 실무의 현실 세계에서 쭉 훑어보자. 소통이 중요한 이유가 뭔지, 실제 자주 발생하는 사례를 하나씩 짚어볼까.

"큰일 났습니다. 자재 통관이 거부됐습니다. 최소 일주일 지연될 거 같습니다."

"아놔, 뭐야 또, 통관 문제가 있다는 걸 언제 알았지?"

"열흘 전에 낌새가 이상했는데, 별일 아닌 거 같아서…… ."

"미리 얘길 했어야지. 이미 거부됐는데, 어쩌라구! 이 프로젝트 지연되면 책임은 나한테 있어. 하아……. 찜찜한 거 있으면 미리 얘기하라고 몇 번을 얘기해도 도대체 개선이 안 돼. 널 어떻게 해야 하지?"

위의 대화에서 소통이 중요한 가장 현실적인 이유인 단어가 나온다. 바로 '책임'이다. 어떤 리더도, 미리 알지 못한 것에 대해 책임을 져야 한다면 기분이 좋을 리 없다. 미리 알았다면, 결과를 떠나서 최소한 리더로서 할 수 있는 건 다 한다. 결과를 수용하고 책임질 마음의 준비가 된다. 하지만 미리 알지 못해서 리더로서 조치할 수 있는 타이밍을 놓쳐 버렸다면? 일반적인 사람이라면, 그 일에 대한 책임을 지는 일이 억울하고 미리 알리지 않은 사람을 원망하게 된다. 게다가 소통 실수가 아니고 숨겼다는 느낌이 들면, 그건 그 사람의 정직성과 투명성까지 연결되는 치명적인 사안이 될 수도 있다.

어떤 문제가 생겼거나 리스크가 감지되었을 때 관련자와 리더한테 공개하는 순간, 문제도 해결책도 책임도 나누게 된다. 내가 책임질 수 있는 한계를 벗어나는 일인데 찜찜한 게 있을 경우, 크든 작든 바로 공유해야 한다. 그걸 공유할 때 받을 수 있는 비난이나 꾸지람에 대한 두려움은, 공유가 늦어져서 받을 수 있는 책임의 무게와 비교하면 훨씬 가볍다. 고민과 책임을 적기에 분배하며 덜 무겁게 일할 수 있다.

"어? 이거 왜 내가 지시한 거랑 다르게 처리됐지? 돈을 더 들여서라도 일정을 땡기는 쪽으로 지시를 했을 텐데, 원래 일정대로 결정이 됐네?"

"네? 그거 저번에 개인적인 의견은 돈을 더 들이는 거지만, 구매 쪽과 상의해서 결정하라고 하셔서 상의해 봤는데 반발이 심해서 그렇게 결정된 건데요?"

"내가 그랬다고? 아냐, 난 돈을 더 쓰는 걸로 결정해서 지시한 거였는데……. 같은 한국말인데 왜 이리 대화하기가 힘드냐. 최소한 최종 결정하기 전에 나한테 얘기는 해 줬어야지!"

위의 대화를 보면 소통이 중요한 두 번째 이유가 나온다. 바로 '확인'이다. 서로의 생각을 이해했는지 명확하게 하기 위함이다. 같은 한국말을 하는데도 서로 이해가 다른 경우가 엄청 많다. 뇌 속에 있는 생각이 입을 거쳐 말을 하면서 정확히 옮겨지지 않을 수 있고, 그 말을 귀를 통해 듣고 뇌로 가서 인지하는 과정에서 잘못 전달될 수도 있다.

사람은 저마다 고유의 말하는, 듣는 습관이 있다. 어떤 사람은 뇌는 확신에 가득 차 있지만 입은 신중하고 겸손하게 말하고, 또 어떤 사람은 뇌는 확신이 없지만 입은 자신감 있게 결정한 것처럼 들리게 말을 한다. 어떤 사람은 주장을 권유하는 것 같이 얘기하고, 어떤 사람은 권유하는 걸 지시하는 느낌으로 얘기한다. 어떤 사람은 직접적인 돌직구 화법을 좋아하고, 어떤 사람은 은유적인 표현을 즐긴다. 어떤 사람은 말하는 사람의 말만 입력하고, 또 어떤 사람은 그 말 속의 이면을 주정해서 머릿속에 담는다.

몇 단계를 거치는 인지 과정과 저마다 다른 소통 특성으로, 잘못 이해되는 경우가 자주 발생한다. 어떤 연구에 의하면, 소통 중 불과 30%만 완벽하게 상호 이해한다고 한다. 70%는 잘못 이해하거나 부분적으로만 이해한다는 것이다. 특히 일을 함에 있어 서로의 이해가 맞는지 확인하는 방법은 결국 소통밖에 없다. 내 생각이 너의 생각과 정확히 일치하는지 직접 묻고 확인하는 것이다.

일 외의 소통은 각자의 가치와 색깔에 맞게 알아서 해야 하겠지만, 일에 있어 소통이 중요한 이유는 위의 두 가지 외에는 생각이 안 난다. 즉, 소통을 통해 '책임'을 분배하고, 다 같이 같은 곳을 향해 서 있다는 '확인'을 한다.

소통-2

　신입사원 시절, 심하게 무더웠던 어느 여름날 오후, 이유는 모르겠지만 이상하게 하늘같은 상사인 프로젝트 리더한테 장난이 치고 싶어졌다. 난 리더한테 가서 조심스럽게,

"저…… 조퇴 좀 해야 될 거 같습니다."
"왜?"
"더워서요."

　리더는 잠시 동안 말을 못했다. 뭔가 생각을 정리하는 듯했다. 잠깐 동안 당황스런 시간이 지났고, 심하게 웃었다. 다행히 날 귀엽게 봐 준 것 같았다. 입사 후 십여 년 동안 더워서 조퇴하겠다는 놈은 내가 처음이라며, 이따 퇴근하고 시원하게 맥주나 마시자고 했다.

　지금 생각해 보면, 참 무개념 신입사원이었다. 이건 그냥 여담이었고, 역시 일에 국한해서 소통을 잘하는 방법은 각자의 경험과 취향에 따라야겠지만, 그래도 20년 넘게 말단 사원, 중견 사원, 중간

간부, 참모를 거쳐 지금 프로젝트 리더가 되기까지 수많은 대화와 보고를 하다 보니 내가 선호하는 방식이 있긴 하다. 참고만 했으면 한다. 철저하게 업무적으로 부하 직원과 상사의 소통만 훑어보자.

부하 직원이 상사에게 어떤 얘기를 하고 어떤 얘기를 안 하는지, 그것 자체로 일을 잘하는지, 못하는지 느낌이 온다. 어떤 후배는 내가 묻기 전에는 얘기를 잘 안 한다. 과묵하다. 또 어떤 후배는 해야 할 얘기, 안 해도 될 얘기, 아직 때가 이른 얘기, 그냥 생각나는 얘기를 다 한다. 수다스럽다. 상사 입장에서는, 모르다가 한 방 맞는 것보다는 수다를 참고 듣는 게 더 안정적이다. 나중에 갑자기 당황하는 것보다는 귀찮은 게 낫다. 혹시나 내가 얘기를 자를 경우, 입을 닫게 될까 봐 인내를 가지고 듣는다. 물론, 수다가 길어지면 집중이 잘 안 되는 건 어쩔 수 없다.

또 다른 후배는 소통해야 할 것과 그렇지 않은 것을 잘 구분해서 필요한 얘기만 딱딱 한다. 짬밥을 좀 먹은 후배다. 직장 생활의 경험이 소통의 선을 정리한 것이다. 그 선을 정리하는데, 은근히 시간이 필요하다. 선이 정리가 안 된 후배에게는 가끔씩 팁을 주고 시간을 가지고 기다리면, 분명히 나아진다.

부하 직원 입장에서 상사에게 얘기를 해야만 하는 건 세 가지로 압축할 수 있다. 첫째, 의사 결정이 필요한 일, 두 번째, 업무 진행 방향에 대한 확인이 필요한 일, 세 번째, 상사가 몰랐을 때 바보가 될 수 있는 정보이다. 내가 상사에게 이 얘길 세 가지 이유 중에 왜 하는지를 먼저 말해 주면, 상사는 더 안정되게 들을 수 있다.

"의사 결정이 필요해서 말씀드리는 건데요."
"지금 진행하고 있는 방향이 맞는지 코치가 필요한데요."
"이건 알고만 계시면 되는 건데요."

이런 식으로 먼저 운을 띄우면, 상사는 '이 얘길 도대체 왜 하는 거지?'라고 궁금해하지 않으면서 생각이 낭비되지 않는다. 업무에 있어서, 보통은 상대방 입장에서 말을 하는 목적과 해야 할 것 위주로 핵심을 먼저 얘기하는 게 효율적이다.

한편, 위치가 올라갈수록 착각이 심해지는 게 하나 있다. 내가 지금 하는 일이 가장 시급하다는 착각이다. 바로 지금, 많은 사람들이 하는 모든 일 중 프로젝트 전체를 놓고 볼 때, 말단 사원이 제조사와 전화를 하며 문제점에 대한 대책을 상의하고 있는 일이 가장 시급할 수도 있다. 하지만 위치가 높은 사람일수록 다른 직원이 지금 뭘 하고 있든, 내가 궁금한 걸 바로 해소해 달라고 요구를 하곤 한다. 그렇게 갑자기 훅 들어가면 그 직원의 몰입을 방해하고, 한번 리듬이 끊기면 다시 복구하는 데 불편한 시간이 들어간다. 궁극적으로 일에도 해가 된다.

　불가피한, 정말 예기치 않은 긴급 업무를 제외하고, 부하 직원 입장에서 지금 하는 일을 접고 느닷없이 뭘 해야 하는 상황을 만들어서는 안 된다. 프로젝트를 위해서도 그렇지만, 후배의 열정을 유지시키기 위해서도 그렇다. 누구나 아침에 출근하면 오늘 하루 할 일을 그린다. 그 그림이 생각지도 않은 일로 깨졌을 때, 게다가 그게 내가 지금 하려고 하는 일보다 급하지 않다는 느낌이 들면, 또 그런 일이 계속 반복되면, 그건 몰입을 방해하는 산만하고 상당히 불쾌한 환경이 되고, 잘못하면 그 후배의 일에 대한 열정까지 갉아먹을 수 있다.

　나의 경우, 그런 일을 방지하기 위해 매일 아침 짧은 미팅을 선호한다. 아침에 잠깐 모여서 오늘 해야 할 일을 간단하게 상의한다. 30분을 넘기지 않는다. 그건 보고하는 자리도, 질책하는 자리도 아니다. 절대 비난하지 않는다. 다그치지 않는다. 다그침은 거짓말을 만들기 때문이다. 가르치고 싶은 게 있다면 "나라면 이렇게 하겠는데, 자네는 나보다 더 똑똑하니까 알아서 하시오." 팁만 주고, 스스로 생각하게 만든다. 그렇게 하면 거의 대부분 내가 기대한 걸 넘어서는 피드백이 온다.

시급 업무나 문제점을 자유롭게 꺼내고, 상의하고 각자의 역할을 정한다. 출근하자마자 아침에 맑은 정신으로 얘기하는 그 자리는 오늘 하루 업무를 계획하는 출발점이 된다. 가능한 그때, 내가 필요한 걸 다 얘기한다. 그 이후에는 각자의 일에 몰입하면 된다. 갑자기 훅 들어가지 않는다.

난 일부러 후배들의 적극적인 소통을 유도하기 위해, "나한테 시킬 일 없어?" 하고 가볍게 묻곤 한다. 후배가 뭔가를 시키면, "시키란다고 진짜 시키네." 투덜거리면서도 그걸 제일 먼저 하고 피드백을 주며 칭찬해 달라고 한다. 그럼 후배는 썩은 미소를 지으며, "뭐…… 잘하셨어요." 한다. 그럼, 그 후배는 상사에게 일을 시키는 것조차 점점 더 쉬워진다. 일을 분배하는 게 익숙해진다. 혼자 속을 끙끙 앓으며 일이 썩어 버리는 일도 생기지 않는다.

또한 난, 문서로 보고하는 것보다는 얼굴을 보고 상의하는 걸 훨씬 더 선호한다. 보고서를 만드느라 허비되는 시간이 아깝다. 문서를 들고 오더라도, 눈을 보며 상대방의 생각을 듣는 걸 더 예민하게 받아들인다. 단 한 번도 보고하라고 지시한 적이 없다. 얘기해 달라, 상의하자고 한다. 내가 권위적이지 않아서가 아니다. 일의 속도를 위해서다.

보고하라고 하면, 모든 걸 다 파악해서 문서로 만들어서 정식으로 해야 할 것 같은 기분이 든다. 경직되고 느려진다. 얘기하자, 상의하자고 하면 그냥 내가 아는 것만 정직하게 말하면 된다. 그렇게 생긴 초기 정보로 출발해서, 모자란 정보는 추가로 확인하거나 다른 사람을 통해 들으면 된다. 물론, 모든 정보를 종합하는 건 나의 몫이다.

그런 식으로 다음 할 일을 정해 가며, 첫 번째 책에서 소개했던, 내가 프로젝트 매니지먼트 이론 중 가장 좋아하는 개념, 점진적 구체화(Progressive Elaboration)를 해나간다. 그렇게 소통을 하며 한 걸음 한 걸음 앞으로 가다 보면 어느새 그 일은 끝나 있다.

반면, 내가 소통에 있어 가장 경계하는 게 있다. 소통의 쏠림 현상이다. 한두 사람한테 소통이 쏠리면 위험하다. 정보나 판단이 편중될 수 있기 때문이다. 게다가 더 위험한 건, 그런 쏠림을 사람들이 느끼게 되면 조직 갈등으로 확대될 수도 있다는 점이다. 심각한 문제일수록, 예민한 사안일수록 많은 사람들의 생각을 듣는다. 지위고하에 상관없이, 신입사원일지라도 그 결정에 가장 큰 영향을 받는 사람들과 소통한다.

가능한, 실무선에서 수평 소통으로 자연스럽게 합의되어 결정되는 게 가장 좋지만, 내가 결정을 해야만 하는 경우에는 순수하게 일만 생각하고 결정한다. 그리고 그 결정에 혹시 소외감을 느낄 수도 있는 사람들한테 그렇게 결정할 수밖에 없는 배경을 성의 있게 설명해 준다. 오해로 인한 갈등을 막기 위해서다.

소통-3

프로젝트 매니지먼트 이론에서도 소통을 중요하게 다룬다. 특히, 소통을 방해하는 것들이 소통의 흐름을 막아 버리는 병목(Bottle Neck)을 만든다며 나열되어 있다. 가능한 상투적인 이론에 관한 얘기는 안 하려고 했는데, 이건 나름 의미가 있어 보인다. 이 얘기만 더 하고 소통에 관한 지루한 수다는 접자.

· 잘못된 의미 전달

· 편견

· 닫힌 마음

· 타이밍

· 너무 많은 소통의 접점

· 질투

· 지나치거나 부족한 지식 또는 정보

· 듣고 싶은 것만 들음

· 문화적 차이

· 각 개인의 성향과 인식 차이

· 잘못된 어휘

· 임의로 내용 거르기

하나하나 고개가 끄덕여진다. 이런 것들 외에 소통을 방해하는 게 생각이 잘 나지 않는 걸 보면, 거의 대부분이 언급된 거 같다. 이 중 눈에 띄는 몇 가지만 좀 더 얘기해 볼까.

먼저, 문화적 차이.

2008년 슬로바키아 파견 때, 체코슬로바키아어 중에 가장 자주 들리는 단어가 있었다. '도브레(Dobre)'. 현지인이 무슨 말을 하든 '도브레!', '도브레!' 계속 나온다. 무슨 뜻이냐고 물으니 그냥 오케이 같은 거라고 한다. 현지인과 업무 협의를 할 때, 큰 문제없나 물으면 거의 대부분 대답이 "도브레!"이다. 그러나 잘되나 보다 하고 안심하고 있으면, 큰 오산이다. 믿다가 몇 번 낭패를 봤다. 도브레는 워낙 광범위하게 쓰여서 '문제없다' 외에도 '무슨 말인지 알아들었다' 내지는, 그냥 관심 없을 때 흘리듯 '그랬구나'로 쓰이기도 한다. 한편, 인도에서는 긍정을 할 때 "예스"라고 말하며 고개는 좌우로 흔든다. 지금은 익숙해졌는데, 처음엔 이게 도대체 알았다는 건지 모르겠다는 건지 많이 헷갈렸다.

또한 업무로 상대했던 사람들의 국적에 따라 계획 단계와 실행 단계 중 공력을 어느 때 더 들여야 하는지 달랐다. 동유럽과 독일의 경우, 일정 계획을 세울 때 정말 힘들다. 세세한 모든 항목에 일정 약속을 받아내는 데 시간도 많이 들고 우리의 요구대로 합의하기가 어렵다. 슬로바키아 현지 설계사와 일정 계획을 수립할 때는, 합의를 끝내고 나자 진이 다 빠져 버릴 지경이었다. 그런데 계획 합의 후 실행 단계에서는 약속이 비교적 잘 지켜졌다. 약속을 지키려는 노력도 눈에 보였다. 거꾸로 보면, 약속을 지킬 수 있는 일정을 제시하기 위해 진이 빠진 것이었다. 반면, 인도, 베트남, 중국의 경우, 그 반대이다. 일정 계획은 우리가 요구하는 대로 최대한 맞춰 줬는데, 실행 단계에서 약속이 지켜지지 않는 경우가 상대적으로 많았다. 이탈리아, 프랑스도 후자 쪽에 가깝다. 그리고 보니, 전자는 내륙에 위치한 나라이고, 후자는 바다를 끼고 있는 나라이다. 바다를 끼고 있으면 사람이 더 유들유들해지나. 물론, 개인적인 특성이나 소속 회사의 문화에 따라 다르지만, 대충 그러하더라 정도이다.

다음 눈에 띄는 건, 질투.

질투라는 감정이 소통의 병목으로 이론에 나오는 것 자체로 일단 재밌다. 하긴, 어떤 글에서 보니 자본주의의 가장 강력한 원천이 경쟁심을 자극하는 질투라고 한다. 남녀의 애정 관계가 아닌, 직장 동료 간에도 질투라는 감정이 있을 수 있다. 주로 상사의 총애를 둘러싼 경쟁 심리이다. 사람은 참 어쩔 수 없는 건지, 나보다 못해 보이는 사람한테는 관대하면서도, 나보다 우월해 보이는 사람한테는 그리고 그 사람이 경쟁 관계이면 날을 세우게 되는 것 같다. 똑같은 말인데도 질투하고 있는 사람이 얘기를 하면 왠지 반박하고 싶고 흠집 내고 싶어진다. 그게 소통의 흐름에 병목이 될 수 있다. 반대를 위한 반대를 하며 신속한 의사 결정을 방해한다.

조직 내에 그런 관계가 보이면, 사실 제어하기가 쉽지 않다. 지극히 개인적인 감정 영역이기 때문이다. 프로젝트 리더로서 할 수 있는 건, 질투를 받는 사람한테는 좀 더 타인을 배려해 주기를, 질투를 하는 사람한테는 본인의 강점을 스스로 인정하고 자존감을 올리기를 바라는 수밖에 없다. 부처가 아닌 이상, 아무리 노력해도 사람에 대한 호불호가 느껴지기 마련이다. 그 호불호에는 딱히 이유가 없는 경우가 많다. 그냥 개인적인 취향으로 잘 맞거나 잘 안 맞는 문제이다. 이런 건 개인이 극복해야 할 문제이고, 궁극적으로는 타인의 강점까지도 더 포용할 수 있는 부피를 가지는 수밖에 없을 듯하다. 물론, 그게 나의 성장을 자극하는 착한 질투가 된다면 최선이겠다.

또, 잘못된 의미 전달, 닫힌 마음, 잘못된 어휘, 임의로 내용 거르기(Filtering).

회사의 메일링 시스템은 이제 소통의 가장 중요한 수단이 되었다. 특히 나처럼 해외에서 일하는 경우, 한국 본사와 십여 개국의 수많은 해외 협력사와의 소통에 있어 메일은 없어서는 안 될 소통의 장이다. 실제로 가끔 인터넷이 끊기면 거의 할 수 있는 일이 없을 만큼 큰 타격을 받는다. 말 못지않게 글이 어떤 사람의 소통력을 판단하는 잣대가 되는 세상이다.

나의 경우, 대부분이 영어 메일이나 공문이다 보니, 내 영어 수준이 높은 건 아니지만 경험에서 오는 촉이 있다. 어떤 경우에는 글을 읽으면 참 프로스럽다고 느끼지만, 또 어떤 경우에는 왠지 아마추어 같다는 느낌이 들기도 한다. 난 그 차이가 뭘까 생각해 보기 시작했다. 어휘력? 문법? 그런 것들이 물론 글의 품위를 좌우하긴 하지만, 더 중요한 뭔가가 있는 것 같다. 문득, 주어의 차이가 아닌가 하는 의심이 들었다. 주어가 사람이냐 무생물이냐의 차이 말이다.

'난 이 문제 때문에 곤경에 처해 있습니다. 정말 실망했습니다. 당신이 빨리 이 문제를 해결하지 않는다면, 우리는 클레임을 걸 수 있습니다. 당신도 큰 곤경에 처할 것입니다.'

'이 문제는 프로젝트를 어렵게 만들고 있고, 많은 사람들을 곤경에 처하게 했습니다. 이 문제가 빨리 해결되지 못한다면, 클레임의

가능성도 있습니다. 신속한 해결만이 그런 상황까지 가지 않게 만들 수 있는 유일한 해법입니다.'

위의 두 글은 모두 같은 목적을 가지고 있다. 신속하게 문제를 해결하라는 요청이 그것이다. 그런데 첫 번째 글은 왠지 '나'를 공격하는 느낌이 먼저 든다. 그에 반해, 두 번째 글은 문제를 빨리 해결해 달라는 본연의 메시지에 집중이 된다. 첫 글은 주어나 목적어가 나, 너, 사람이다. 둘째 글은 문제, 해결 같은 무생물이다. 첫 글은 사람이 부각돼서 방어본능을 자극한다. 첫 글을 받은 사람은 어쩌면 일의 해결보다 어떻게 방어할 것인가를 먼저 생각할 수 있다. 그럼 그게 문제 해결의 속도를 느리게 만드는 세균이 된다.

자, 이제 이쯤에서 소통에 관한 지루한 수다를 접을까 한다. 다시 한 번 얘기하지만, 업무에 국한된, 나의 개인적 취향이 많이 들어가 있다. 각자의 가치와 취향에 맞게 필요한 것만 가져다 쓰기 바란다.

도둑

2016년 봄, 여느 때와 마찬가지로 잠이 덜 깬 상태에서 동 트기 전 사우디 사막의 새벽 경치를 무심하게 보며 사무실로 향했다. 사무실에 도착, 자리에 앉아 정신 차리고 오늘 일을 시작해 볼까 하는 순간, 고객이 뭔가에 격앙되어 득달같이 나를 찾아왔다. 협력사에서 어떤 사람이 반출 허가증 없이 우리 물건을 도둑질하다가 보안 경비에게 걸렸다는 것이다. 이건 또 뭐지. 정신이 번쩍 든다. 고객은 그 사람을 경찰서에 보내야 한다며 조사 결과를 신속히 송부하라고 강하게 요청했다. 나는 철저히 조사하겠다고 약속했다.

관련자들의 조사가 즉각 시작됐다. 협력사 책임자 인도인, 운전기사 네팔인, 도둑으로 추정되는 자재 담당 필리핀인을 불렀고, 대면 조사부터 착수했다. 우리 측 조사 실무자 세 명과 나는 회의탁자를 가운데 두고 그들의 맞은편에 앉았다. 우리는 마치 형사가 되어 용의자를 취조실에서 조사하는 기분이 들었다. 당연히 회의실 공기는 무거웠다.

먼저, 그들의 변이 시작되었다. 세 명 모두 같은 내용의 변명을 늘어놓았다. 도둑질하려는 의도는 전혀 없었고, 자재 반출 과정에서 잘못된 허가증을 가지고 나가다가 붙잡혔다는 것이었다. 말을 이미 맞춘 듯 똑같은 얘기를 하는 그 사람들을, 말만 듣고 믿을 수는 없었다. 더 이상 들을 이유도 없어 보였다. 나는 조사 결과가 나오는 대로 적절한 조치가 취해질 거라는 원론적인 말만 하고 회의실 밖으로 나가려고 의자에서 몸을 일으켰다.

그때, 도둑으로 의심되는 자재 담당이 "잠깐만요. 제 얘기 좀 한 번만 들어주세요." 하며 간절한 눈빛으로 날 쳐다봤다. 무슨 얘길 하려는 걸까. 난 다시 자리에 앉았다.

"제 얘기를 제발 믿어 주세요. 도난이 아닙니다. 서류 실수입니다. 전 땀 흘려 번 돈 외에 나쁜 돈에는 욕심이 없습니다. 만약 제가 도둑이 된다면, 필리핀에 있는 제 세 아이가……."

그는 목소리가 점점 떨리더니 흐느끼기 시작했다. 그가 진정될 때까지 말없이 기다렸다. 끝까지 들어야 할 것 같았다. 아이 얘기에 내 안에서도 뭔가가 꿈틀거렸다.

"세 아이가 많이 슬프고…… 상처를 받을 겁니다. 제발, 제발 제 얘길 믿어 주세요."

그는 흐느낌을 멈추지 못하고 어렵게 말을 맺었다. 나는, 당신의 얘기를 믿고 싶다, 조사 결과를 기다리겠다고 짧게 얘기하고 밖으로 나왔다. 자세한 경위와 물품 조사 등 후속 업무를 실무선에 맡기고, 사무실로 향하는 차 안에서 그 사람의 흐느낌이 연기가 아니길, 서류 실수가 진실이길 바랐다. 그의 얘길 듣기 전까지만 해도 만약 서류 실수를 증명하지 못한다면 고객의 요구대로 경찰서로 넘겨야 하나 생각했는데, 이제는 거꾸로 도둑질이라는 증거가 없으면 성급하게 결론을 내려선 안 되겠다고 생각했다.

몇 시간 후, 조사를 마친 실무진이 나한테 왔다. 결론적으로, 그의 말이 사실이었다. 휴가를 막 떠난 또 다른 자재 담당과의 인수인계 과정에서 서류 실수가 있었고, 잘못된 반출 허가증을 가지고 나갔던 것이었다. 조사 실무자 세 명 모두 너무나 앞뒤 정황이 명확해서 의심할 이유가 없다고 같은 의견을 주었다. 조사 결과를 공식적으로 제출하기 전에 고객을 만나 먼저 상의했고, 서류 실수라는 우리의 결론에 그들도 동의했다. 반나절 만에 사안이 종결됐다. 난 안도의 한숨을 쉬었다.

그 안도의 한숨은 골치 아픈 일이 끝나서였을까, 필리핀에 있는 아이들이 슬퍼하지 않아도 되기 때문이었을까.

리더

어디선가 본 글 하나.

'리더란, 자신이 통제할 수 없는 일에 책임을 지는 사람'

예전에 이 글을 처음 봤을 때는 통제할 수 없는 일을 어떻게 책임을 지나, 고개를 갸우뚱했었다. 하지만 시간이 지나고, 이곳 사우디에서 프로젝트 리더로 일을 하며 직접 부딪혀 보니 이젠 고개가 끄덕여진다. 영화 〈사도〉에서 영조가 사도세자와 격렬한 논쟁 중에 했던 말, "왕은 결정하는 자리가 아니다. 책임지는 자리다." 이 또한 비슷한 맥락이다.

리더는 때로는 깃발을 들고 앞에서 뛰며 사람들을 따라오게 만들어야 하지만, 또 때로는 직원들이 뒤로 물러나 더 이상 물러설 자리가 없을 때 기댈 수 있는 마지막 언덕도 되어야 한다. 일에 예기치 않은 심각한 문제가 생겼고 누군가 책임을 져야 한다면, 그 문제의 원인이 통제하기 어려운 것일지라도 그건 리더의 몫이라는 말이다.

'관계'편에서 살짝 얘기했지만 실제로 그런 일이 생겼었고, 그 문제에 임하는 마음가짐을 다지기 위해 썼던 내 책상 서랍에 넣어둔 사직서, 그 일이 지금은 행정적으로 종료되어 내가 비로소 마음의 감옥에서 나올 수 있었지만 리더가 짊어져야 할 책임의 무게를 제대로 체감했다.

난 그 사직서를 내 서랍에 그대로 놔두었다. 꺼내서 버릴 수가 없다. 앞으로 또 어떤 일이 생길지 알 수 없기 때문이다. 큰 소음 없이 고요한 하루가 흘러가더라도, 문득 안 좋은 일이 생길 수 있다는 생각이 들면 두렵다. 리더의 자리는 참모 시절 옆에서 보며 막연하게 추측했던 것보다 훨씬 더 외롭고 차갑고 무겁다.

프로젝트라는 이름의 터널 출구에 빛이 보이기 시작하는 지금, 이곳 사막에서 프로젝트 리더로서 나에겐, 같이 값진 땀을 흘리고 있는 직원들을, 한국이든 인도든 필리핀이든 무사히 탈 없이 가족의 품으로 돌려보내는 것보다 더 중요한 사명은 없다.

글쓰기-1

　내 책을 본 사람들 중에 이런 말을 하는 분들이 의외로 많다. "아, 저도 언젠가는 글을 써서 책을 내고 싶다는 생각은 있어요. 근데 막상 하려고 하면 엄두가 안 나는데, 이렇게 실천을 하셨네요. 나중에 제가 글쓰기를 시작하면, 노하우 좀 알려 주세요."

　낙서 수준의 내 글에 무슨 노하우가 있겠냐고 겸손을 떨 수도 있겠지만, 그리 특별한 게 아니기에 공유 못할 이유도 없다. 내가 어떻게 글을 쓰고 있는지, 구체적으로 써 볼까.

　우선, 글을 쓸 수 있는 작업장이 필요하다. 난 다섯 가지 종류의 작업장을 가지고 쓴다.

　1. 메모장
　2. 낙서장
　3. 원고
　4. 코드

5. 후기

1. 메모장은 내가 기억하고 싶거나 나중에 다시 보고 싶은 모든 글이나 정보를 옮기는, 일종의 창고이다. 책을 보다가 어떤 문구에 마음이 통하면 메모장으로 옮긴다. 사람이든 이론이든 뭐가 됐든, 궁금한 게 있으면 인터넷을 뒤져 그 정보를 옮긴다. 메일로 접수되는 괜찮은 글도 옮긴다. 사람들과 대화를 하다 까먹고 싶지 않은 게 있으면 그것도 옮긴다. 혹시 파일이 손상될까 봐, 한 달 단위로 파일 이름의 날짜를 갱신하며 새 파일로 저장한다. 그 메모장을 '로스민 사전'이라는 디렉토리에 보관하고 계속 갱신한다. 메모장에 옮기기 어려운 글은 그 자체 파일로 디렉토리에 보관한다.

2. 다음은 낙서장. 글감이 생각나면 가능한 바로 쓴다. 글을 써 보니, 생각날 때 바로 쓴 첫 글이 역시 가장 생동감이 있다. 왜냐면, 그때 쓴 단어와 문장이 바로 그때 내가 느낀 것을 가장 진솔하게 옮긴 거니까. 바로 쓸 수 있는 상황이 안 되면, 키워드만 낙서장에 쓴다. 예를 들어 지금처럼 글쓰기를 주제로 글쓰기를 하고 있다면 – 이 또한 그 전에는 생각도 못했던 것이지만 – '글쓰기', '다섯 가지 작업장' 등 생각나는 단어만 써 놓는다. 그리고 나중에 글을 쓸 수 있는 상황이 되었을 때, 그 키

워드를 문장으로 완성해 나간다. 낙서장은 일종의 초벌이라고
할 수 있겠다.

3. 낙서장에서 어떤 맥락의 글이 완성되면, 원고로 옮긴다. 그러
니까, 낙서장은 머릿속의 글감에서 원고로 가는 중간 다리 역할
이다. 옮긴 후에 그 글은 낙서장에서 삭제된다. 중간 다리 역할
이 끝났으니까. 그렇게 하면, 그 글에 대해서는 더 이상 낙서장
을 볼 필요가 없고, 원고에 집중, 완성해 가면 된다. 그러므로
낙서장에는 완성되기를 기다리는 미완성 글만 남는다. 또는 글
감이 생각나고 전체 줄거리가 순간적으로 떠오르면, 낙서장을
거치지 않고 바로 원고로 들어간다. 중간 다리가 필요 없기 때
문이다. 원고도 역시 양이 점점 늘어나면서 계속 갱신한다. 보
통 에세이의 경우, 최소 200페이지 정도는 되어야 책의 볼륨감
이 느껴진다고 한다. 책 사이즈와 동일하게 원고 워드 파일의
단을 고정하고 내가 책을 내기에 어느 정도 와 있는지 양에 관한
감을 잡는다. 예를 들어, 현재 80페이지를 썼다면 40%쯤 와 있
는 거다.

4. 원고에 있는 개개의 글들에게 제목을 부여한다. 마땅한 제목이
생각나지 않으면 일단 가제로 대충 쓴 후, 원고를 수정하며 더
좋은 제목이 생각나면 바꾼다. 그 제목들을 표에 따로 담는다.

그 표가 코드이다. 예를 들어 『하코검고』 시즌 1의 경우, 총 일흔일곱 가지 글의 제목이 수직으로는 주제, 수평으로는 시기로 구분되어 매트릭스처럼 놓여졌다. 주제는 삶, 일, 관계, 여행, 일화, 예술 여섯 가지로 구분됐고, 시기는 20대, 30대, 40대 세 가지로 나누었다. 그 열여덟 칸의 엑셀 표가 글의 전체적인 구성에 대한 감을 잡게 해 주고, 글들을 무슨 기준으로 묶을지, 어떻게 연결할지 아니면 끊을지, 순서는 어떻게 하는 게 좋을지를 결정하는 데 도움을 준다. 코드는 일종의 지도이다.

5. 마지막으로 후기. 책을 내고 나서 또는 글을 나누고 나서 들어오는 다양한 반응들을 담는다. 칭찬, 감탄, 감동, 격려, 응원, 기대, 공감, 비감, 비판, 실망, 냉소, 무관심 뭐가 됐든 다 담는다. 그것들은 긍정이든 부정이든, 다음 글쓰기에 참고가 된다. 지금 이 글도 '노하우를 알려 주시오.'라는 후기로 인해 쓰게 된 것처럼. 한편, 앞에서도 얘기했지만 후기는 사람들의 다양성을 느낄 수 있는 사실적인 기록도 된다.

글쓰기는 '정보-글감-글'로 연결된다. 흐름은 고정되지 않는다. 위의 순서대로, 어떤 정보를 보고 글감이 떠올라 글을 쓸 수도 있고, 글감이 떠오르는데 정보가 필요해서 뒤져 볼 수도 있다. 또는 글을 쓰다가 또 다른 글감이 떠오르고 정보를 찾을 수도 있다. 세 가지가, 선후가 바뀌며 글쓰기는 계속된다. 다섯 가지 작업장을 목적에 따라 구분한다면, 메모장, 후기는 정보, 낙서장은 글감, 원고와 코드는 편집이라고 봐도 되겠다.

글쓰기-2

여기까지가, 내가 글을 쓰는 방법이었다. 이번엔 마음가짐이다. 어떤 거창한 게 나오길 기대한다면, 글을 쓰는 방법에서도 이미 느꼈겠지만, 미안하지만 안 나올 거 같다. 지금 드는 생각은 단 하나, '솔직함'이다. '진정성'이다.

내가 무슨 윤리 교과서처럼 '정직'을 강조하고 싶은 게 아니다. 나의 경우, 정직해야 글이 계속 진행되기 때문이다. 내가 만약 뭔가를 썼는데 솔직하지 않다, 정직하지 않다, 내 안에 있는 것과 다르다는 느낌이 들면, 머리와 몸이 꼬이면서 진도가 안 나간다. "글을 참 잘 쓰네요." 같은 칭찬은, 기분은 좋지만 나에겐 크게 고맙지가 않다. "고민을 많이 한 게 느껴집니다." "쉽지 않을 텐데, 생각을 거침없이 공개하네요." 같은 공감이 난 고맙다. 어두움을 피하지 않은 용감함, 깊게 들어간 성실함, 이것저것 재지 않고 공개하는 무모함을 알아주는 게 고맙다. 설사 나의 생각에 비판적이어도 말이다.

서두에서도 얘기했지만, 난 글을 짓는다, 창조한다, 아름답게 꾸

민다는 생각을 전혀 하지 않는다. 글은 그냥 내 안에서 꿈틀거리는 뭔가를 다른 사람들도 볼 수 있게 옮기는 수단일 뿐이다. 마치 내 속을 들여다보며, 보이는 대로 그림을 그리는 것 같다고 할까. 그러니 내 생각과 글이 따로 놀거나 소위 뻑이 나면, 나는 당연히 다리가 꼬여 더 이상 앞으로 갈 수가 없다. 따라서 내가 만약 어떤 글을 보고 아름다움이나 시원함을 느낀다면, 그건 글 자체보다는 그 글을 쓴 사람의 생각이 아름답거나 선명한 것이다.

내 글의 수준, 작품성, 재미, 유익함 뭐 그런 것들에 대해서는 내가 할 말도 없고 말해서도 안 되지만, 자신 있게 얘기할 수 있는 유일한 한 가지는, 단 한 단어, 문장도 솔직하지 않은 건 없다는 것이다. 물론 첫 번째, 두 번째, 세 번째 글을 쓰며 생각이 바뀌는 건 있다. 그건 내 가치가 갱신되기 때문이지, 그 당시의 마음을 글로 옮기는 데 있어 거짓 포장이 있기 때문은 아니다.

또한, 나답지 않은 표현도 마찬가지다. 굳이 내가 선호하는 표현을 얘기한다면, 담백, 간결이다. 툭툭 넌지듯 쓰는 게 좋다. 또 그런 글을 읽는 게 좋다. 아름다운 미사여구, 과장된 감정 표현, 지식을 과시하는 현학적 단어나 문장 꼬기, 감성과 여유가 비집고 들어갈 틈이 없는 지나치게 정교하고 단호한 논리적 전개, 처음과 끝이 어딘지 다시 봐야 알 수 있는 긴 문장 같은 것들이 내가 별로 좋아하지 않는 것들이다. 물론, 이런 것들은 지극히 개인적인 취향일 뿐이다.

두 번째 책 '관계'편에서 난 심리학에 나오는 이론적 용어들을 무려 아홉 줄에 걸쳐서 무의미하게 나열했었다. 책을 내기 전, 검토 과정에서 머리 좋고 예리한 후배 L로부터 책 내용과 상관없는 것들은 없애 버리는 게 좋겠다는 조언을 들었지만, 그냥 놔뒀다. 그건, 내가 그런 용어들을 다 알고 있다는 걸 과시하기 위함이 아니고 – 실제 다 아는 것도 아니다, 누가 물어볼까 봐 외웠다가 다 까먹었다, 이젠 별로 궁금하지도 않다 – 얼마나 많은 현학적인, 지식을 과시하는 단어들이 세상에 넘쳐나는지에 대한 비꼬기였다. 그래서 그 문장의 끝에 '지적 허영심'이라고 했던 것이다.

아인슈타인 같은 초천재가 '아무리 뛰어난 이론이라도 어린이가 이해할 수 있도록 설명하지 못한다면 아무짝에도 소용이 없다.'라고 한 얘기가 난 참 좋다. 그래서 난, 쓴 사람의 생각이 쉽게 잘 읽히는 글이 좋다.

'프로이트의 이론에 언급되었던 타나토스가, 내 감정을 어느덧 지배하며, 절제라는 이름의 자물쇠로 가둬 두었던 울분과 분노가, 불특정 다수를 향해, 내 애고의 감옥을 벗어나 분출되었다.'보다는, '난 빡 쳤다.' 또는 '난 뚜껑이 열렸다.'가 좋다.

그래서 나는 글다운 문어체보다는 말하는 듯한 구어체가 더 좋다. 문법과 표준어에서 벗어나더라도, 생각이 좀 더 정확하게 전달되는 단어와 문장이 좋다. 그게 언어의 본연의 역할에 맞는 것 아닐까. 내 글을 본 몇몇 사람들이 글을 읽는 기분이 아니고 듣는 느낌이었다고들 하는데, 그런 얘길 들으면 기분이 좋다.

글의 품위나 수준 같은 건, 난 잘 모르겠다. 진짜 품위가 뭔지 수준이 뭔지. 일견 고급스럽고 아름다워 보이는 글인데 생각이 읽히지 않는다면, 솔직하지 않은 느낌이 든다면, 글쎄⋯⋯. 싫다. 물론, 이 또한 개인적 취향이다.

글쓰기-3

〈라디오스타〉에서 끝날 때 항상 하는 것처럼, '나에게 글쓰기는 뭐다?' 묻는다면, 음…….

'글쓰기는 한결같은 친구'

사람은 힘들 때, 외로울 때, 심심할 때 누군가를 붙잡고 그냥 막 수다를 떨고 싶어진다. 하지만 바로 그때, 내 수다를 처음부터 끝까지 다 들어 줄 수 있는 사람은 이 세상에 없다. 내가 수다를 떨고 싶은 그때, 어떤 사람은 오늘 중으로 무조건 끝내라는 상사의 닦달에 투덜거리며 야근을 하고 있고, 어떤 사람은 근무 시간 중 맡겨 놓은 아이를 데리러 5분 내에 자리를 떠야 하고, 또 어떤 사람은 힘든 일을 끝내고 멍 때리는 걸 즐기느라 누구랑 접촉하는 게 귀찮다.

글쓰기는 그럴 때, 내 말을 하염없이 들어줄 수 있는 꽤 괜찮은 친구가 된다. '관계'편에서 다정하게 살라는 강아지와 시크하게 살라는 고양이가 내 안에서 날 헷갈리게 만들었고, 글쓰기는 '견묘토론'이라는, 내 안의 두 자아가 토론할 수 있는 자리를 마련해 주었다.

  게다가, 글쓰기는 다른 사람들과의 소통의 자리도 만들어 준다. 사람들과 대화를 하다가 생각나는 글이 있으면 보낸다. 그럼, 그 글에 대한 대화를 하며 그 사람과의 소통이 이어진다. 실제로 글쓰기를 한 이후, 회사 동료, 친구, 가족에 이르기까지 소통의 양이 늘었고 다양해졌고 깊어졌다. 어떤 경우에는 건조한 회사에서 꺼내기 힘든 마음속 깊이 있는 상처를 듣기도 한다.

  글쓰기는 하염없이 내 수다를 들어 줄 뿐 아니라, 다른 친구들과의 자리도 마련해 준다. 세상에 이보다 더 좋은 친구가 있을까.

책 읽기-1

　어찌 보면 글쓰기의 반대, 책 읽기. 글쓰기가 말하기라면, 책 읽기는 듣기겠지. 독서량으로 보면, 내가 책을 많이 읽었다고 얘기하기엔 정말 민망한 수준이다. 심지어 누구나 한 번쯤 읽었을, 너무나 유명한 고전 소설이나 시 쪽은 거의 읽은 게 없을 정도이다. 또한, 지금 이 시대에 핫한 시사 쪽도 마찬가지이다. 왜 그런지는 모르겠지만 이상한 반항심 같은 게 있어서 사람들이 많이 본 책일수록, 뜨거운 시사 내용일수록 오히려 호기심이 떨어진다.

　누구나 책을 통해 얻고 싶은 게 있고, 사람마다 다르다. 어떤 이는 책을 통해 책값보다 많은 정보와 지식을 얻고 싶어 한다. 지극히 실용적인 목적이다. 구체적이고 사실적인, 설명이 잘되어 있는 글을 좋아한다. 어떤 이는 다 필요 없고, 뭐가 됐든 재미있으면 된다. 이들은 줄거리가 흥미진진하거나 발상이 엉뚱한 글을 좋아한다. 주로 소설 쪽이다. 또 어떤 사람들은 뭔가를 느낄 수 있는, 의미 있는 책을 좋아한다. 그게 공감이 됐든, 감동이 됐든, 더 깊이 파고 싶은 화두가 됐든, 깨달음이 됐든. 주로 에세이, 시, 철학 쪽이다. 또 의

외로 많은 사람들이 남보다 뒤쳐지지 않기 위해 책을 본다. 책을 안 보면 왠지 정체돼 있는 느낌 때문이다. 자기 계발서나 경영, 전략 서적 같은, 유명하고 뭔가 있어 보이는 책들.

　나의 경우, 누구나 그렇겠지만 다 섞여 있는 거 같다. 몰랐던 정보나 지식을 알게 해 주는 책도 좋고, 밤새서 한달음에 봐야 할 정도로 흡입력 있고 재밌는 책도 좋고, 내 안을 들여다보게 만드는 의미 있는 책도 좋고, 가슴이 뭉클해지는 감동과 아름다움을 주며 내 감성의 감각을 자극하는 책도 좋고, "이런 거 알아, 몰라?" 하면서 어깨를 으쓱, 잘난 척할 수 있게 만드는 책도 나쁘지 않다. 근데, 나이를 먹어 가면서 조금씩 바뀌는 거 같다. 무 자르듯 나눌 순 없지만, 대충 이십대에는 재미나 의미, 삼십대에는 지식, 사십대 초반에는 유명한 책, 지금은 다시 의미 쪽을 찾는 듯하다.

　순전히 재미만 보면, 시각적인 즐거움까지 주는 영화, 드라마, 웹툰을 책이 따라가기엔 점점 더 버거워질 것 같다. 스트레스를 받은 상황이고 아무 생가 없이 시간을 때우고 싶을 때, 나도 책으로는 손이 잘 안 간다. 또 지식 측면에서 보면, 전략 기획 업무를 하던 사십대 초반에 가장 많이 찾았던 것 같다. 아무래도 전략이란 게 다른 사람들과 공감대 형성이 중요하므로 "제 생각에는요."보다는 "어떤 이론에도 나오지만", "경영철학의 대가, 누가 주장했듯이"와 같이 얘기를 출발하는 게 좀 더 있어 보이고, 듣는 사람이 집중할 수 있는 신뢰를 주기 때문이다. 잘난 척이냐 아니냐를 떠나서, 분명 그런 지식들은 머릿속에 모호하게 있는 개념을 명확한 단어와 적절한 비유로 만들어 주고, 내가 하는 일의 가치를 올리며, 다른 사람들이 공감할 수 있는 설득력도 강해진다. 하지만 지식이나 정보 쪽도 너무나 쉽고 빠르게 다가갈 수 있는 인터넷에게 점점 더 책의 자리를 내주는 것 같다.

요즘은 글쓰기를 하다 보니 특정 주제와 관련된 책이 자연스럽게 궁금해지고, 그 책을 보다 보면 거기에 나온 또 다른 책이 궁금해지고, 그런 식으로 계속 책 읽기가 연결된다. 궁금하면 바로 움직이는 성격이라 지금 사우디 숙소에 내가 읽어 주기를 기다리는 책들이 꽤 쌓여 있고, 그걸 보면 이유는 모르겠지만 괜히 든든하다. 주로 재미나 지식보다는 의미 쪽인 책들이 대부분이다.

나에게 좋은 책은, 어쩌면 당연한 얘기겠지만 기억에 남는 책이다. 많은 책들이, 읽고 나서 시간이 흐르면 단 한 줄, 한 단어도 기억이 안 나고 그 책을 읽었다는 것조차 잊어버린다. 그러니 기억에 남았다는 건 나에게 크든 작든 영향을 줬다는 얘기고, 난 그런 책이 좋다. 기억에 남는 책 중 어떤 책은 그 책의 메시지가 선명하게 머리에 남아 있고, 그건 다른 사람에게도 얘기해 줄 수 있는 문장이나 줄

거리로 기억된다. 또 어떤 책은 기억은 희미한데 느낌으로 남는 경우도 있다. 읽을 때는 지루한데, 덮고 나면 이상하게 여운이 긴 책들이 주로 그런 책인 것 같다.

책을 보다 보면, 간혹 이런 생각이 든다. '지금 내가 보고 있는 이 책이 나오기까지, 이 사람은 어쩌면 평생을 고민했겠구나. 그럼 이 사람이 인생을 털어서 짜낸 걸 나는 며칠 만에 얻는 거네.' 그런 생각은 나를 겸손하게 만든다. 섣부른 비판이나 냉소를 못하게 된다. 날 지루하거나 불편하게 만드는 게 있더라도, 그 사람이 하고 싶은 얘기를 온전히 이해하기 위해 꾹 참고 끝까지 읽는다. 다 읽고 나서 그 사람의 생각에 대한 나의 생각을 정리해도 늦지 않다. 끝까지 보기, 통독을 하는 이유이다.

또 어떤 경우에는 통독을 하지 않더라도, 한 문장 또는 한 단어만으로도 뭔가를 느끼기에 충분하다는 포만감을 주는 책도 있다. 그렇게, 보다 만 책도 꽤 있다. 몇 권을 읽었느냐보다는 한 권, 한 줄을 보더라도 얼마나 느꼈고, 그게 내 삶에 어떤 영향을 줬느냐가 더 큰 것 같다. 양에 대한 목표를 채우기 위해 속도를 내다가 자칫 깊이를 놓칠 수 있다. 책을 보다 내 안을 채우는 뭔가가 생기면, 잠깐 책을 덮고 그 배부름을 소화하며 속도를 늦추는 것도 나쁘지 않다.

반면, 뭐든지 지나치면 탈이 나듯 책 읽기도 마찬가지인 것 같다. 지나치게 책만 보면 뭐라 해야 되나, 베르베르 소설의『뇌』처럼 몸이 없어지고 뇌만 남는 느낌이랄까, 균형을 잃는 것 같은 느낌이 들기도 한다. 그 소설에서 보면, 절대적인 이성과 관념을 추구하는 사람이 거추장스러운 육체를 다 버리고 뇌만 남기는 실험을 스스로 하고, 계속 혼자만의 사고를 만끽하며 진리에 근접해 간다. 하지만 꽤 오랜 세월이 흘러 여차저차 해서 결국 그 사람, 즉 뇌는 개밥이 되고 만다. 베르베르 특유의 허무함이다.

　사람이 살다 보면, 몸뚱아리를 움직이는 활동도 해야 하고, 사람들 만나서 수다도 떨어야 하고, 혼자만의 생각에 빠질 수 있는 시간도 필요한데, 사우디에 있는 동안, 고독을 버텨내야만 하니까, 나도 모르게 너무 나만의 동굴로 들어간 것 같다. 지금부터라도, 뇌, 마음, 몸의 균형을 맞출까 한다.

책 읽기-2

　책 읽기에 대해 전체적으로 수박 겉핥기식으로 대충 수다를 떨었으니, 이제 조금만 더 들어가 보자. 나에게 영향을 주는 책은 크게 보면 네 가지가 있다. 첫째, 나의 가치관의 방향타가 된 전환점을 준 책, 둘째, 가치관을 좀 더 선명하게 만들어 준, 즉 내 머릿속에 있던 모호한 줄기가 명확한 언어로 표현된 책, 셋째, 내 가슴을 적셔서 감성을 자극하는 책, 넷째, 지적 호기심을 채워 주는 책.

　짧게 표현하자면, 순서대로, 날 때리는 책, 날 잡아 주는 책, 날 적시는 책, 날 배부르게 하는 책이다. 비유를 하자면, 벼락, 나침반, 단비, 영양소 같은 책이다. 이 순서의 역순으로 어떤 책들이 있었는지 기억을 더듬어 볼까.

　먼저, 영양소. 가장 먼저 떠오르는 책은 베르베르의 『상상력 사전』이다. 이 책은 사전이라는 책 제목에 어울릴 만큼 두꺼운 책의 부피를 자랑한다. 베르베르 작품의 원천이 되는 메모장이자 글감 사전이다. 그리스 신화를 중심으로 다양한 이야기들이 짧게 짧게 소개되어 있다. 다 읽는 데 1년쯤 걸렸던 거 같다. 멕시코 파견 시절 심심할 때마다 하루에 몇 페이지씩 읽었다. 리듬이 끊기면서도 틈날 때마다 볼 수 있었던 이유는, 큰 줄거리 없이 짧은 이야기들의 나열, 기억하면 좋고 몰라도 그만이라는 가벼움 때문이었다. 얘기 하나하나를 읽을 때마다 내 호기심 창고에 뭔가 새로운 게 하나씩 쌓이는 기분이었다. 물론, 책 제목처럼 나의 상상력을 자극했던 영양소들도 많았다. 구체적인 내용들이 기억은 가물가물하지만, 날 배부르게 만들었던 느낌은 선명하게 남아 있다.

그 외에 지적 탐구에 영양소가 된 유익한 책은 너무나 많았다. 이제는 제목조차 기억이 안 나는 책들이 대부분이다. 인문학을 맛보게 해 준 책들, 일과 연결되는 경영·전략·마케팅 책들, 인류의 미래를 예측하는 통찰이 담겨 있는 책들, 성공을 위한 훈수를 하며 홍수같이 쏟아지는 자기 계발서. 모두 날 배부르게 만든 책들이었고, 자연스럽게 소화되면서 지금은 내 몸에 맞는 것만 기억에 남아 있다. 읽은 책의 양만 보면, 영양소 같은 책의 비중이 가장 크다. 대충 보니, 전체 독서량의 반쯤 된다.

두 번째, 감성을 적시는 단비 같은 책. 압도적인 갑은 황순원의 『소나기』이다. 순수 문학을 손가락으로 꼽을 만큼 읽은 나의 빈약함도 있지만, 『소나기』만큼 나에게 슬픔이라는 감성의 끝을 보여 준 책

117

02
그냥, 수다

을 다시 만나기는 쉽지 않을 듯하다. 초등학생 때 보면서, 소중한 소녀를 잃어버린 순박한 시골 아이가 내 안에 들어와서 나 또한 꽤 오랜 시간 동안 그 상실감에서 벗어나지 못하고 슬퍼했던 기억이 뚜렷하다. 부모님의 일상적인 대화를 듣다가 그 소녀가 죽었다는 걸 알게 된 대목에서는 나도 한참 울었던 것 같다. 너무나 한국적인, 그래서 몸에 착 감기는 슬픔의 정서가 나를 제대로 적셨다.

또한, 제대로 내 취향을 저격했던 건, 밀란 쿤데라의『참을 수 없는 존재의 가벼움』이다. 이 책을 다섯 번 봤다는 후배의 추천으로 접하게 됐다. 남녀 간의 복잡한 애정 관계를 다룬 소설이라는 상투적인 형식의 그릇이었지만, 내용이 상투적이지 않다. 내 취향이다. 글의 주체가 등장인물과 작가를 왔다 갔다 하며 소설과 산문을 교차한다. 일상, 애정, 관능, 시대상, 이데올로기, 신화, 철학, 동물과의 우정까지 종횡무진하며 풍성한 묘사와 비유가 책에 가득 차 있다. 관심사, 심지어 생각의 각도까지 너무 비슷해서 놀랍기까지 했다.

한편 알랭 드 보통의 경우, 문체는 내 취향이 아니다. 글의 선후가 뭔가 꼬아 놓은 것 같은 느낌, 내 의식의 흐름과 반대인 느낌, 잘 읽히지 않았다. 그의 데뷔작『왜 나는 너를 사랑하는가』를 볼 때, 처음엔 그 불편함 때문에 자연스러운 독서의 속도가 나지 않았다.

그러나 인내심을 가지고 읽어 나가자 점점 더 익숙해지면서 그의 독특한 접근이 흥미로워졌다.

　예를 들어 남녀 간의 애정과 마르크스주의자와의 공통점. 마르크스주의자가 가장 행복한 때는 진흙탕 같은 현실에서 학살의 짐을 지며 투쟁할 때가 아니고, 이상적인 인류의 모습을 상상하며 꿈을 꿀 때이다. 마찬가지로 남녀 간의 애정에 있어서도 여신을 향한 짝사랑의 상태가 가장 순수하면서 안정적인 사랑의 감정을 느낄 수 있다고 한다. 그 여신이 나의 여자가 되면, 여신에서 나랑 다른 점이 많은 단점투성이 인간으로 내려오고, 실망과 불편함에도 불구, 여자에 대한 사랑을 유지해야 하는 책임이라는 짐이 생기는 무거운 감정이 생긴다는 것이다. 흥미롭고 공감이 된다. 지나칠 정도로 구체적인 일상의 묘사와 함께 재치 있는 철학적 질문이, 현실과 관념의 양 극단을 독특한 관점으로 왔다 갔다 하며 나를 흥미라는 롤러코스터에 태운다.

　나를 혼자 뿜 터지게 만들었던 대사 하나를 소개하면서, 보통 얘기가 너무 길어지면 보통 지루해지니까 이쯤에서 보통 얘기를 마칠까 한다. 여자 주인공 클로이가 남자 주인공과 싸우다가 내뱉은 말, "지성 과잉의 답답한 똥 같은 놈". 만약 누군가가 나한테 "생각 과잉의 개똥같은 붕신"이라고 한다면 난 그 사람의 통찰력을 존경하게 될 것 같다.

그 외에, 상상력의 단비 같은 베르나르 베르베르, 애트가르 케레트, 사람의 온도가 느껴지는 레이먼드 조의 작품들도 좋았다. 감성 자극은 아무래도 책 이외에 영화, 드라마, 매체를 통해 접했던 것도 많았고, 그동안 틈틈이 소개했으니 이쯤에서 넘어가면서, 이런 쪽, 순수 문학에 대한 너무나 편협하고 빈약한 독서량에 대한 부끄러움을 감추고 싶다.

세 번째, 내 가치관을 좀 더 선명하게 만들어 준 나침반 같은 책. 우선, 피터 드러커의 『The Daily Drucker』를 얘기하지 않을 수가 없다. 이 책은 40대 초반에 후배가 좋은 책이니 읽어 보라며 내 책상 위에 툭 놓으면서 접하게 되었다. 영어 원서로 된 책이고, 한 페이지에 하나씩 경영 메시지로 구성되어 있다. 366개의 이야기를 1월부터 12월까지 나누었다. 영어 공부하는 셈 치고 열었던 첫 페이지에서, 리더가 가져야 할 단 한 가지는 진정성, 즉 인성이라는 뚜렷한 주장에서, 어쩌면 내 머릿속에 막연하게 있던 생각들이 이 책을 통해 명확한 개념의 형상이 될 것 같은 촉이 왔고, '이 책이 내 인생의 책이 될 수도 있겠구나!' 예감했나.

이 책은 어렵다. 단어가 어렵고 문장이 어렵고 속뜻을 이해하기도 어렵다. 멍청한 내 머리로는, 어떤 글들은 다섯 번 정도 봐야 어렴풋이 메시지를 이해하게 된다. 한 번, 두 번, 세 번 다시 읽으며 이해하는 순간, 글을 다시 읽어 보면 이 보다 더 정확한 단어나 문장을 구성하기 힘들겠다는 언어의 완성도에 고개를 끄덕이게 된다. 12개월로 구성된 전체 책 중에 3월 정도까지 본 것 같다. 읽다가 만, 끝까지 통독을 못했지만 충분히 배가 불렀던 몇 안 되는 책 중 하나이고, 읽기 쉬운 글을 선호하는 나의 취향을 넘어선 책이기도 하다. 이 책은 아직도 나한테는 끝까지 읽어야 할 숙제로 남아 있다. 40대 초반에, 특히 일에 관한 가치관을 좀 더 선명하게 만들어 준 의외의 선물이었다.

게다가 피터 드러커는 사람들과의 대화의 장도 마련해 주었다. 이 책을 같이 보며 속뜻을 이해하기 위한 대화, 일에 임하는 마음가짐에 관한 의견도 나눴고, 때로는 논쟁거리라는 꽤 괜찮은 술자리 토론 주제도 되었다. 물론, 영어 공부는 덤이었다. 게다가 '하얀 코끼리'라는 꽤 근사한 메타포도 제공해 주었던, 나에겐 참 고마운 책이다.

이 책 외에 희미했던 나의 지도를 선명하게 잡아 준 나침반 같았던 책은, 버트런드 러셀『나는 왜 기독교인이 아닌가』, 『철학이란 무엇인가』, 조지 오웰『동물 농장』, 에크하르트 톨레『지금 이 순간을 살아라』, 필립 코틀러『마케팅 A to Z』, 조안 마그레타『경영이란 무엇인가』 등이 있다.

책 읽기-3

마지막으로, 벼락같이 날 때린 책. 지금 문득 생각나는 책은 일곱 권이다. 나에게 전환점이 된 소중한 책들이니, 시간의 순서대로 하나씩 되새김질해 볼까. 『하코검고』 시즌1과 일부 중복되는 내용도 있다. 지루하면 그냥 넘어가기 바란다.

첫 번째 책, 레즐리 스티븐스 『인간의 본질에 관한 일곱 가지 이론』.

이 책은 『하코검고』 시즌1에서, 큰누나 방 책꽂이에 있던, 제목도 생각이 안 나는 얇고 빈약한 책으로, 아주 짧고 불친절하게 소개했었다. 지금 생각해 보니, 대학교에 들어가자마자 날 때린 책이었고 내가 아직까지도 그때 맞았던 영향을 받고 있는데, 그렇게 대충 얘기했던 건 예의가 아니었다. 너무 무성의했다. 최근에, 어떤 책이었는지 궁금해서 찾아봤다. 다행히 찾았다. 너무 반가웠다. 다시 읽어 보고 싶어서 사려고 했는데 절판이란다. 인터넷 서점에 있는 책 소개와 내 기억으로 더듬는 수밖에.

레즐리 스티븐스는 인류에 영향을 준 수많은 이론 중, 대표적인 일곱 가지를 소개한다. 철인 통치를 주장한 고대 그리스 철학 대표 선수 플라톤, 종교 대표선수 기독교, 공산주의 혁명 이론의 창시자 카를 마르크스, 정신 분석학의 대가 지그문트 프로이트, 무신론적 실존주의 대표선수 장 폴 사르트르, 왓슨의 심리학적 행동주의를 계승한 스키너, 동물행동학자 로렌츠, 이상 철학, 신학, 심리학, 동물학까지 대표 이론들을 간단명료하게 설명했고, 한계와 비판도 담겨 있다.

이 책이 날 때린 이유는 뭐였을까. 새로 알게 된 인문학 지식? 그건 아니었다. 공학도로서 인문적 기초가 전혀 없었던, 이제 갓 스무 살의 나에게 너무나 커서 감당이 안 되는 질문을 던졌기 때문이다. 책을 덮고 그 질문이 머리에서 떠나질 않았다.

진리를 쫓을 것인가, 가설을 선택할 것인가.

이 책은 중립적인 시각에서 일곱 가지 이론의 대전제와 한계를 짚는다. 모든 이론에는 그 이론의 기초가 되는 대전제라는 게 있다. 인간은 자유롭다. 역사는 진보한다. 신은 존재하고 전지전능하다 등. 하지만 또한 모든 이론은 그 대전제를 증명하진 못한다. 즉, 증명된 진리를 기초로 한다기보다는, 추구하고자 하는 가치가 맞다는 가정하에 출발한다. 또한 각각의 이론들은 배타적인 면이 있어, 하나를 취하면 다른 하나는 버릴 수밖에 없다. 공산주의 혁명을 부르짖으며 기독교를 믿을 수는 없다. 인간의 절대 자유, 실존주의를 추구하며 사회의 힘, 집단주의가 필수적으로 필요한 이데올로기의 신념을 가지는 것 또한 앞뒤가 안 맞는다. 중간은 없다. 선택해야 한다.

그 당시 난, '진리 쫓기'보다는 '가설 선택' 쪽이 좀 더 현실적이라고 생각했던 것 같다. 왜냐면, 진리 쫓기를 직업으로 평생을 바쳤던 인류의 대표 선수들조차도 아직 찾지 못한 걸, 현실의 생활을 해가며 내가 틈틈이 찾겠다는 건 무모한 오만이 아닌지. 그렇다면 이 세상에 존재하는 많은 가설 중 하나를 선택해야 하나. 근데, 어떻게 선택하지?

입증된 진리가 아닌 가설의 선택은 결국, 당위 또는 본능이 기준이 되지 않을까. '맞다'가 아니라 '옳다' 또는 '끌린다'가 선택의 기준이 아닐까. 가설을 X라 한다면, 'X가 맞다, 입증됐다.'가 아니라 'X가 옳다, 마땅히 그래야 한다.' 또는 'X가 끌린다, 내 취향이다.' 이런 거 아닐까. 이런 생각들이 날 때렸고, 그건 아직까지도 나에게 영향을 주고 있다.

그런 생각의 각도는, 현재 내가 하고 있는 일의 속성과도 비슷하다. 난 생애 주기가 있는 프로젝트 성격의 업무를 직업으로 20년 이상 일하고 있고, 이 일의 속성은 기술을 기반으로 하지만 기술을 창조하는 일이 아닌, 이 세상에 존재하는, 경험으로 검증된 기술 중 프로젝트에 맞는 최적의 기술을 선택해서 조합하는 것이다. 맥락이 비슷하다.

어떤 면에서는, 백지장 같은 바보 상태에 이 책을 본 건 행운이었다. 이 책은 뭔가를 이미 믿어 버려서 편견이 생기기 전에, 전체를 보며 달리기 전 출발점에 서서 의미 있는 질문을 스스로에게 하게 된 뜻밖의 기회였다.

두 번째 책, A. S. 니일 『서머힐』.

이 책 또한 교육학을 전공했던 큰누나 방 책꽂이에 있던 책이었다. 생각해 보니, 스무 살 성인이 된 나에게 누나 방은 보물 창고였던 것 같다. 암튼, 전통을 중시하는 영국의 명문학교와 달리 서머힐의 창립자 니일은 학생들의 자유를 추구한다. 심지어, 학교 복도에 콘돔 자동판매기를 설치해야 한다고 주장하는, 전통적인 시각에서 보면 이단아 같은 교육 철학이다. 니일은 학교를 창립하고 운영하면서 그런 생각을 행동에 옮기고, 서머힐은 이제껏 들도 보도 못했던 완전히 새로운 색깔의 실험적인 학교가 된다.

물론 니일이 추구하는 자유가 끌리기도 했지만, 나에게 전환점을 준 건 니일의 행복에 대한 짧고 명확한 정의 때문이었다. 이 한 문장만으로 이 책이 날 때리기에 충분했다.

'행복은 삶에 대한 흥미'

이 책을 덮은 후, '흥미'라는 단어가 나에게 큰 화두가 되었고, 지금까지도 흥미가, 내가 추구하는 가치 중 한 자리를 변함없이 지키게 된 출발점이었다.

세 번째, 데스몬드 모리스 『털 없는 원숭이』.

이 또한 대학 시절, 머리 좋고 더럽게 웃기는 동문 친구 L이 재미있다고 해서 보게 된 책이다. 재미있다고 한 건, 책의 내용이 야하기 때문이었다. 시즌1에서 얘기했던, 인간 암컷이 원숭이 암컷보다 입술이 두껍고 가슴이 큰 이유 같은 것. 동물학자의 시각으로 인간의 행태를 동물로 묘사한 이야기들이 때론 야하면서도 흥미진진했다.

이 책은 어찌 보면 조지 오웰의 『동물 농장』과 정반대이다. 『털 없는 원숭이』는 동물 같은 사람, 『동물 농장』은 사람 같은 동물. 근데 나에게 동물 같은 사람은 왠지 껍데기를 벗겨 낸 듯 홀가분하고 솔직한 느낌이고, 사람 같은 동물은 부자연스럽고 가증스럽고 혐오스럽다. 어쩌면 '우린 동물과 다르다'는 인간다움이 오히려 비인간적인 행태의 출발점이 아닌가 의심하게 된다. 지극히 본능에 충실한 동물의 삶이 너무나 초연하고 자연스러워 보인다.

이런 책들을 보며, '뭐든지 할 수 있다'는 '자유'와 '무엇이든 끌릴 수 있다'는 '본능'이 내가 추구하고 싶은 '흥미'의 기초가 됐다고 하면, 너무 거창할까.

네 번째 책, 에리히 프롬『소유냐 존재냐』.

날 때린 일곱 권의 책 중, 솔직히 가장 지루하게 읽었던 책이다. 누구 소개로 어떻게 읽게 되었는지도 기억이 안 난다. 어렴풋한 기억에, 방에 누워서 빈둥대면서 대충대충 봤던 거 같다. 하지만 숙제를 끝낸 기분으로 다 읽고 책을 덮자, 뭔가 여운이 길게 남았다. 뭔가를 가지겠다는 소유보다는 존재 그 자체를 존중하고 받아들이라는 에리히 프롬의 이야기가 재미없는 도덕 교과서 같았지만, 큰 펀치 한 방을 맞은 대신 가벼운 잽을 계속 맞아서 자국이 오래갔다고나 할까.

원래 물욕이 그리 크지도 않았지만, 이 책을 보고 소유욕이 더 줄

어들었다. 물론 특히 삼십대에 내 집을 갖고 싶다는 소유욕이 급격하게 올라갔던 때도 있었지만, 그땐 현실에, 생활에 집중했던 시기였고 열병처럼 잠깐 왔다가 사그라들었다. 존재 그 자체를 받아들이라는 메시지는, 그 당시엔 대충 알 거 같으면서도 현실 세계에 살면서 뭐가 어떻게 연결이 되는지 감을 잡을 수 없었다. 나이를 먹어 가며, 이제야 안개가 걷히기 시작하고 그 형체가 서서히 윤곽을 드러내는 것 같기도 하다.

어쨌든, 이 책은 '존재'라는 화두의 정체를 찾는 여정의 출발점이 되었다.

다섯 번째 책, 크리슈나무르티 『자기로부터의 혁명』.

역시 대학 시절, 동문 네 명이 독서 소모임을 가졌었다. 두 명은 인근 여대에 다니는 여자 동문, 두 명은 나를 포함해서 남자 동문. 한 번의 모임으로 좋이 나 버렸는지, 모임이 몇 번 더 유지가 됐었는지 전혀 기억이 안 난다. 책을 읽고 토론하는 학구적인 탐구도 있어 보였고, 동문을 핑계로 하는 남자 둘 여자 둘 모임도 설렜던 거 같다. 어느 날, 이 책이 모임의 주제가 되었다.

작고 조용한 카페에 모여서 독서 모임이 시작됐다. 난 그냥 이 책이 좋았다. 소감을 한마디로 표현하기에는 나의 내공이 턱없이 부족했지만, 그냥 말하자면 고요한 자유 같은 걸 느꼈던 것 같다. 나는 "난 좋았어. 책 첫머리에 '내가 틀릴 수도 있다'는 말, 멋있지 않냐." 했고, 기독교 신자인 여자 동문으로부터 맹공격을 받았다. "그렇게 밑밥을 깔고 슬슬 몰아가는 거지. 교묘한 거야." 포격을 시작, 공격의 말들을 쏟아냈다.

책을 이해한 것도 아니고, 기독교에 대한 생각의 정리도 전혀 준비가 안 됐던, 반격을 못하고 식은땀을 흘리며 버벅거리는 나를 보며, 그 동문이 "귀엽네." 승리의 표정을 지었던 기억이 난다. 난 속으로 '그래도 뭐, 난 좋은데……' 했던 거 같다.

이 책은, '철학, 지식, 기술, 이론으로는 진리에 도달할 수 없다', '진리는 길이 없는 곳', '판단하지 말고 관찰하라', '세상과 우리가 맺는 관계를 이해해야 한다', '우리가 곧 세상이다' 등 온통 이해할 수 없는 얘기투성이였다. 현실 세계의 생활에서 할 수 있는 접점이 뭔지 알 수 없었다. 그럼에도 불구하고, 존재, 자유, 내버려 둠 같은 것들이 왠지 끌렸고, 그 전에 봤던, 날 때렸던 다른 책들과 크게 연결되는 듯한 느낌도 받았다.

몇 년 전에, 그때 모임을 같이 했던, 오랫동안 소식이 끊겼던 남자 동문 친구가 세상을 떴다는 소식을 들었고, 잊었던, 아련한, 싱싱했던 젊은 날의 모임이 생각났다. 그때를 추억하며 다시 읽고 싶은 책이다. 나는 지금 이 책을 주문하고 있다.

나머지 두 권의 책, 알베르 카뮈 『이방인』, 『시지프 신화』.

다른 다섯 권의 책이 모두 스무 살 근처에 만났던 데 반해, 카뮈는 현실에 충실하며 살다 보니 어느덧 삼십년이 흘러 이제 나이 오십이 되어 가는 최근에, 책을 너무 좋아해서 엄청난 독서량을 유지하고 있는 후배가 그 수많은 책 중 『이방인』이 가장 감명 깊었다고 한 애기를 듣고 궁금함을 참지 못해 여기저기서 주워들어 대충 알고 있던 책을 이제야 제대로 읽게 되었다.

먼저, 『이방인』. 이 책은 죽음으로 시작해서 죽음으로 끝난다. 시작하자마자 어머니의 죽음, 중간에 아랍인의 죽음, 마지막은 주인공 뫼르소의 죽음. 게다가 세 가지 죽음의 유형이 다 다르다. 어머니는 늙어서 죽는 자연사, 아랍인은 주인공한테 총 맞아 죽는 살인, 뫼르소는 사회가 처단하는 사형이다. 다양한 죽음을 묘사한 글을 보며, 죽음이라는 것에 대해 좀 더 다가가는 계기가 되었다.

우선, 카뮈의 짧고 담백한 문장이 내 취향이다. 글에 힘을 억지로 넣지 않고 툭툭 던지듯 짧게 짧게 흘러간다. 그러다가, 사형 집행을 앞둔 뫼르소가 혼자 절규하는 대목에서 문장이 엄청 길어진다. 그렇게 담백하던 글이 마치 "내 말 좀 들어 보라고!" 하며 주절주절 외치는 듯하다. 똑같은 글씨체인데 큰 외침으로 들린다. 그동안 참았던 절제가 무너지며 폭발한다.

뫼르소가 책의 마지막에 다시 평온을 되찾고, '정다운 무관심'이라는 앞뒤가 안 맞는 의문의 말을 남긴 채, 글이 끝난다. 카뮈가 『이방인』이라는 소설을 통해 간접적으로 얘기하고자 했던 걸, 직접적인 산문 형식으로 표현한 『시지프 신화』를 이어서 읽지 않을 수 없었다. 삶의 가치를 찾기 위해 자살이라는 주제를 과감하게 정면에 내세우며, 이야기를 풀어 간다. 자살과 부조리로 출발, 지옥에서조차 기쁠 수 있다는 시지프를 상상하며, 극한의 비극에서 밝은 빛을 끄집어내면서 글을 마무리한다.

이 두 권의 책을 보고, 무엇보다 죽음이라는 주제에 장난기, 웃음기를 싹 걷어내고, 끝까지 진중하고 성실하게 밀고 나간 카뮈의 진정성 있는 집중력과 지구력에 존경심이 든다. 모르는 건 모르는 대로 놔두고, 본인이 쓴 글의 한계를 미리 얘기한 솔직함, 담백함도 좋다. 생각의 각도, 글의 색깔도 내 취향이다. 지식의 과시도 아니고, 정밀한 논리도 아닌, 감성의 깊이로 접근한 것도 내 공감을 자극한다.

왜 이제야 만났을까 하는 생각도 들지만, 어쩌면 내가 가장 우울함의 나락에 빠졌던 때에, 죽음이 점점 더 가까이 다가오고 있는 시기에 만나서 그 울림을 제대로 느낄 수 있지 않았나 싶다.

이렇게 나를 때린 책들은 책 자체로도 고맙지만, 그 책들을 볼 수 있었던 계기가 된 사람들도 섞여 있다. 나에게 보물을 준 누나, 책을 소개해 주고 독서 모임을 함께 했던 젊은 날의 벗, 카뮈를 만나게 해 준 후배, 모두 고맙다.

앞으로 또 어떤, 날 때리는 벼락, 날 잡아 주는 나침반, 날 적시는 단비, 나를 배부르게 하는 영양소 같은 책들이 기다리고 있을까. 설렌다.

동물

  우리는 왜 정글북과 타잔, 늑대 소년을 좋아할까. 우리는 왜 동물과의 우정을 다룬 영화나 책, 웹툰을 보며, 동물과 얼굴을 부비는 장면에서 미소를 짓고, 동물과의 이별에서 눈물을 흘릴까.

  '관계'편에서, 내가 심리학이 잘 안 맞는 이유를, 동물들을 실험하는 게 과연 인간에게 주어진 권한인지, 인간이 모든 생물체 중 가장 우월한 존재인지 의심하며, 불편함을 느끼기 때문이라고 했었다.

  베르베르는 우월한 외계 생물이 인간을 애완동물로 기르는 상상을 했고, 쿤데라는 인간이 꼬치구이에 꽂혀 구워지며 우월한 생명체에게 잡혀 먹히는 상상을 했다. 만화 〈진격의 거인〉에서는, 거대한 생명체가 인간을 잡아 올려서 한입에 먹는 상상을 한다. 이 만화가 충격적인 건, 인간을 먹는 거인의 표정 때문이다. 무서운 괴물의 표정이 아니라, 순진해 보일 정도로 해맑은 표정으로 인간을 먹는다. 이 만화의 첫 편을 잊을 수가 없다. 인간이 닭의 모가지를 비틀어 요리를 만들고 식탁에서 가족과 앉아 다정하게 대화를 나누며 먹는다.

거인이 해맑게 웃으며 인간을 먹는 것과 다르지 않다.

　인간이 가장 꼭대기에 있다고 자만하고 있는 먹이사슬에서, 인간도 결코 자유로울 수 없다는 상상들이다. 어떤 프로였는지 기억은 안 나지만, TV에서 사자에게 허벅지를 물어뜯겨 한 덩어리의 살코기를 바친 사람의 인터뷰를 본 적이 있다. 그는 사자가 접근할 때, 사자에 대한 경외심으로 반항이나 도전은 꿈도 꾸지 못했다고 한다. 그저 허벅지를 바치며 죽이지만 말아 달라고 구걸하는 게 그가 할 수 있는 유일한 것이었다고 한다. 그때 사자는 아마 이러지 않았을까. '난 너를 먹을 수 있는 권한을 받았느니라. 오늘은 배가 부르니까 살려 주마. 다음엔 다른 허벅지를 바칠지어다.'

　로마의 어원이 된 로물루스 왕은 어렸을 때 버려져서 늑대의 젖을 먹고 자랐다고 신화에 묘사되어 있다. 이런 류의 신화, 너무나 많다. 특히 건국 신화에 동물이 많이 등장하며, 통치자의 신비감을 올린다. 인간은 한편에서는 동물을 실험 도구로 쓰면서, 또 한편에서는 성스러운 존재로 추앙하는 이중성을 가지고 있다.

　쿤데라가 동물을 신계와 인간계의 중간쯤으로 보며, 데카르트가 동물은 영혼이 없고 인간이 자연의 주인이자 소유자라고 했던 걸 비판했는데, 묘하게 공감이 된다. 동물을 신격화하는 것도 싫고, 그렇다고 하찮은 생물체로 낮게 보고 싶지도 않다. 난 동물이 그냥 좋다. 동물하고 같이 있으면 괜히 기분이 좋다.

특히, 고양이가 제일 좋다. 고양이의 독립심이 좋다. 독보적인 점프력이 경이롭다. 인간이 도저히 흉내 낼 수 없는 유연성이 신기하다. 앞발로 툭툭 뭔가를 치며 장난치는 고양이를 보고 있으면, 나도 모르게 미소 짓게 된다. 기분 좋은 고양이의 진동이 몸을 통해 전달되면 나까지 기분이 좋아진다. 나도 그런 진동이 하고 싶어진다. 힐링 되는 기분이랄까. 하루 종일 틈날 때마다 자기 몸을 핥으며 그루밍 하는, 자연이 준 몸뚱이를 정성껏 가꾸는 고양이를 보면, 최소한 나보다는 깨끗하겠구나 싶다. 거의 눈 전체를 덮은 눈동자로 고개를 갸우뚱하는 고양이를 보면, 세상에 이보다 더 순수한 광경이 있을까 싶다.

고양이와의 일상을 소재로 한 웹툰을 추천하라고 한다면, 두 작품이 생각난다. 날 찡하게 만들었던 〈내 어린 고양이와 늙은 개〉, 날 미소 짓게 만들었던 〈탐묘인간〉. 두 편 다 억지스럽지 않으면서 섬세한 묘사로 소담스러운 감동을 준다. 고양이는 인간과 있을 때는 절대 느낄 수 없는 특별한 감성을 만들어 준다. 내 일상을 풍성하게 해 준다. 한국 집에 두 고양이, 사우디 숙소에 한 고양이, 이미 고양이는 내 일상의 한 부분이다.

03.
동거, 백 일째

내 배랑 똑같다. 엄마가 맞다.
바깥세상은 너무 무섭다. 엄마 배 속으로
다시 들어가고 싶다.

레오, 미오

2016년 11월, 난 사우디에서 한국으로 10개월 만에 첫 휴가를 갔다. 몸도 마음도 많이 지쳐 있었다. 해외에 있다가 한국에 휴가를 가면 항상 느끼는 거지만, 이상하게 심신이 치유되는 느낌이 들곤 한다. 특히 사우디는 오래 있으면, 음……. 기가 빠지는 거 같다. 그건 실제 몸에 변화로 나타난다. 우리나라에 있으면, 기분 탓이겠지만 개껍데기 같던 얼굴 피부가 우유빛깔로 촉촉하게 바뀌는 느낌이랄까.

암튼, 한국 집에서 같이 살고 있는 고양이 두 마리. 레오와 미오. 어느덧 같이 산 지 5년 된 순둥이 레오가 많이 보고 싶었다. 최근에 레오의 외로움을 덜어 주기 위해 새로 가족이 된, 말로만 들었던 아기 고양이, 웃긴 미오도 궁금했다.

레오는 역시, 극강의 미모가 여전하다. 가끔 앨 보다 보면 인형이 아닌가 싶기도 하다. 시크함도 여전하다. 내가 소파에 비스듬히 앉아 있으면, 호들갑 떨지 않으면서 옆에 쓱 와서 그냥 앉는다. 녀석의 턱, 머리, 등을 쓰담쓰담하면 으~으~ 진동을 하며 기분이 좋다는 걸 알려 준다. 근데, 이 녀석 그 전보다 찡찡거림이 늘었다. 참치 달라고 징징거리고, 베란다 문 열어 달라고 낑낑거리고, 의사 표현 이 전보다 적극적이다. 심하게 활발한 미오랑 닮아 가는 건가.

  털북숭이 미오, 사고를 많이 쳐서 예명은 뭉치, 듣던 대로 역시 웃기다. 얼굴이 노안이다. 할매 같다. 하마터면 말 높일 뻔했다. 털 이 부스스한 게 수세미 같다. 뭉치를 잡고 설거지하고 싶다. 이 지 지배, 낯가림도 없다. 보자마자 안아 봤는데 가만히 있다. 토끼처럼 깡총깡총 뛰어다니고, 궁금한 건 못 참고, 식탐도 장난이 아니다. 그러다가 바닥이든 어디는 갑자기 잔다. 못났는데 예쁘다. 생긴 것 도, 하는 짓도.

레오와 뭉치, 각자의 그릇에 밥을 줬다. 뭉치 이 녀석, 생난리를 친다. 머리를 밥그릇에 넣고 막 부비면서 헤집는다. 먹는 것보다 밖으로 흘리는 게 더 많다. 엉망을 만들어 놓는다. 아직 아기라서 그런지, 그렇게 호들갑을 떨면서 밥을 먹어도 레오보다 먹는 속도가 느리다. 그러다가 지 밥도 다 안 먹었는데, 레오 밥을 탐한다. 레오 밥그릇에 얼굴을 디밀고 또 엉망을 만든다. 순둥이 레오는 히잉히잉하며 앨 좀 어떻게 해달라는 듯 날 쳐다본다. 난 레오를 방에서 데리고 나와서 방문을 닫고 둘을 격리시킨다. 그제야 레오는 차분하게 밥을 먹는다.

뭉치는 쉬지 않고 레오한테 덤비며 장난을 친다. 레오는 몇 번 받아주다가 많이 귀찮아지면 앞발로 뭉치 머리를 툭 친다. 레오가 소파 위에서 편하게 자고 있으면, 뭉치가 같이 붙어서 자자고 들이댄다. 어떤 땐, 레오 얼굴에 뭉치 엉덩이가 위치한다. 그럼 레오는 불쾌한 표정을 지으며 앞발로 뭉치를 쓱 민다.

비현실적으로 예쁜 레오, 못나서 예쁜 미오, 외모도 성격도 정반대이다. 두 녀석을 보고 있으면 시간 가는 줄 모른다. 아내가 두 녀석 하는 짓이, 레오는 날 닮았고 미오는 자길 닮은 거 같다고 한다. 그런 것 같기도 하다.

멍 때리며, 두 녀석이 노는 우다다다 추격전을 보고 있는데, 막 뛰다니다 잠깐 앉아서 쉰다. 뭉치가 레오를 그루밍 해 준다. 레오도 답례로 뭉치를 핥아 준다. 레오는 뭉치를 귀찮아하면서도, 안 보이면 궁금해하고 찾는 것 같다.

이제 이 녀석들도 가족이 되어 가는 것 같다.

뻔순이

 사우디 파견 중 어느 날, 사무실에 고양이 한 마리가 나타났다. 호랑이 줄무늬, 큰 귀, 갸름한 얼굴의 전형적인 사우디 고양이인데, 꼬리 끝에 너구리처럼 검은 줄이 있는 게 특이하다. 근데 이 녀석, 무지 뻔뻔하다. 사람을 전혀 무서워하지 않고 아무한테나 가서 들이대고, 아무 의자나 올라가서 떡하니 자리 잡고 잔다. 건드려도 계속 잔다. 이렇게 안 예민한 고양이는 처음 봤다. 이 녀석 이름은 뻔순이가 되었다.

뻔순이로 인해 사무실 사람들은 세 가지 파로 나뉘었다. 반묘파, 친묘파, 무묘파. 어디 감히 미천한 짐승이 사무실을 왔다 갔다 하냐며 쫓아내자는 반묘파, 그래도 사무실로 찾아온 손님인데 보살펴 주자는 친묘파, 그러거나 말거나 무관심한 무묘파. 나를 중심으로 네다섯 명 정도가 친묘파가 되었고, 또 비슷한 규모의 반묘파가 형성되었다.

친묘파는 내 자리를 중심으로, 뻔순이가 사무실 안에서 지낼 수 있도록 환경을 만들어 갔다. 모래 화장실, 고양이 사료, 참치 캔, 밥그릇 등을 구비해서 뻔순이 모시기를 완성해 갔다. 뻔순이는 너무나 잘 적응했다. 화장실에 모래를 붓는 순간 바로 시원하게 응가도 하고, 참치와 사료를 맛있게 먹는다. 밥을 든든하게 먹고 내 책상 위로 올라오더니 내 볼을 부비고 격한 애정 표현을 한다. 아무래도 사람이 보살피다 버려진, 아니면 잃어버린 고양이 같다. 사람과의 좋은 기억이 있어 보였다. 뻔순이는 사무실을 어슬렁어슬렁 둘러보며 호기심을 채운다.

근데 어느 순간부터 뻔순이가 안 보인다. 확인해 보니 반묘파가 내쫓았다는 첩보가 들어왔다. 한참 보이지 않다가, 늦은 오후에 사무실 후문 앞에 뻔순이가 있는 게 보였다. 문을 열자마자 기다렸다는 듯이 다시 사무실 안으로 들어왔다. 이렇게 친묘파와 반묘파의

143

신경전이 시작되었다.

친반묘파의 줄다리기는 사흘간 계속되었다. 친묘파는 사무실 안에 들여 보살피고, 반묘파는 기회가 생길 때마다 내쫓고. 그렇게 들어왔다 내쫓기기를 반복하다 어느 날부터 뻔순이가 보이지 않았다. '에이! 드러워서 내가, 다시는 여기 안 온다.' 하며 딴 데로 가 버린 모양이다. 혹시나 하는 마음에 가끔 사무실 주변을 둘러보아도 뻔순이는 없다.

혹시 몰라서 화장실을 그냥 그 자리에 놔뒀다. 뻔순이는 그렇게 내 사무실에 모래 화장실 응가 흔적만 남긴 채, 사람들을 웃게 만들고 홀연히 사라졌다. 어디서 어떻게 살고 있는지는 모르겠지만, 혼자가 된 상처를 극복하고 잘 살아가길.

도도

역시 사우디 파견 중, 사무실 바로 옆에서 엄마 고양이와 아기 고양이 한 마리가 보이기 시작했다. 근데, 볼 때마다 새끼가 점점 는다. 두 마리, 세 마리, 네 마리, 다섯 마리, 여섯 마리다. 태어난 지 한 달쯤 돼 보이는 아기들이 엄마 냥이를 졸졸졸 따라다닌다. 엄마 냥이는 날 보면 예의주시하며 경계하면서도 호들갑 떨지 않고 고요하게 움직인다. 우아하고 도도하다. 엄마 냥이 이름은 '도도'가 되었다. 하얀 바탕에 검정, 노랑이 섞여 있는 게 특이하다. 마치 서로 다른 색깔의 천 조각을 입고 있는 것 같다. 특히 두 눈 주변이 검정이라 마스크를 쓴 쾌걸 조로 같다. 새끼들은 하얀 바탕에 머리 위가 검정, 주황, 회색으로 덮여 있는데 꼭 깻잎머리 같다. 또 다른 한 마리는 온통 누렁이다.

어느 날 나가 보니, 새끼 다섯 마리가 도도 배에 붙어서 서로 밀쳐내며 젖을 먹으려고 한다. 도도가 날 쳐다본다. 많이 힘들어 보인다. 먹을 게 없는지 배가 홀쭉하고 비쩍 말랐다. 그럼에도 새끼들에게 젖을 먹이면서 챙기는 게 안쓰럽다. 도도뿐 아니라 새끼들도 모두 뱃가죽이 등에 붙어 있다. 딱 봐도 굶주림이 보인다. 그날 바로 고양이 사료랑 참치 캔을 샀다. 그릇을 네 개 준비해서 사료, 참치, 우유, 물을 놓아두었다. 도도 가족은 거리를 유지하며 날 경계하다가, 스멀스멀 그릇 주변에 모여들더니 허겁지겁 먹는다.

새끼들이 전부 사료나 참치를 먹는 동안, 도도는 우유만 홀짝홀짝 먹는다. 새끼들이 다 먹고 나자 우유만 먹던 도도가 그제야 움직인다. 참치는 이미 바닥이 나 버렸고, 사료를 먹기 시작한다. 배고픔을 참고, 아기들이 먹을 때까지 기다리는 도도의 모성애가 경이롭다. 단백질 보충을 위해 도도만의 참치를 다시 줬다. 날 힐끔힐끔 쳐다보며 맛있게 먹는다.

어느 비 오는 날 보니, 도도 가족이 비에 젖어서 왔다 갔다 한다. 사무실 옆에 안 쓰는 철제 계단을 활용, 종이박스로 지붕을 덮고 바닥에는 이불을 깔아 주었다. 그 새집은 도도 가족의 휴식처이자 놀이터가 되었다. 또 어느 날은 사무실에 있는데, 고양이의 비명 소리가 들렸다. 도도인 것 같았다. 바로 뛰어나가 보니, 허풍을 좀 섞어서 송아지만 한, 어두운 포스의 고양이가 도도 가족을 위협하고 있다. 도도는 큰 덩치에 기가 죽은 듯 덤비지는 못하면서 웅크리고 자세를 낮춰 하악질만 한다. 내가 빠른 속도로 다가가자 그 조폭 같은 고양이가 깜짝 놀라서 도망간다. 도도는 안정을 찾으며 날 빤히 쳐다본다.

아침저녁으로 밥을 챙겨 주다 보니 어느덧 석 달이 지나간다. 이젠 내가 나가면 이 녀석들, 내 주변에 모여들며 뭐라뭐라 말을 한다. "밥 줘" 같다. 하지만 1미터의 경계선을 넘지는 않으며, 지나친 접근이나 접촉을 허락하지 않는다. 난 항상 밥만 놓아두고 조금 떨어져 앉아서 지켜본다. 그래야 애들이 편하게 먹는다. 녀석들 이제 살이 올라서 제법 포동포동하다.

　어느 날 나가 보니, 내가 만들어 준 집 안에 도도 가족이 옹기종기 모여 있다. 그 모습이 너무 재밌어서 카메라를 들이댔다. 신기하게도, 마치 "애들아, 가족사진이다." 하듯, 모두 카메라를 본다. 특히, 도도의 한쪽 입꼬리만 올라간, 시크한 썩소가 웃기다. 희귀한 사진을 득템했다.

이 사진은 나중에 나를 미소 짓게 해 줄 추억이 될 것 같다. 내가 사우디에 있는 동안만이라도, 도도 가족이 먹을 거 걱정 없이 살게 해 주고 싶다.

동거, 백 일째

첫째 날 (1)

온통 깜깜하다. 이상한 소리들이 들린다. 무섭다. 세상에 나와 보니, 생각보다 훨씬 공포스럽다. 누군가 뭐라 뭐라 하면서 날 잡아서 어디론가 간다. 엄만가. 주변이 시끄럽다가 갑자기 조용해졌다. 공기도 시원하다. 어디선가 촤촤 소리가 난다. 따뜻한 뭔가가 내 몸에 뚝뚝 떨어진다. 누군가 내 몸을 계속 만지작만지작한다. 따뜻해서 그런지 기분이 나쁘지 않다. 촤촤 소리가 멈추고 뭔가 부드러운 게 날 계속 토닥토닥 어루만진다. 몸에 촉촉한 게 없어진다. 이 기분도 나쁘지 않다. 엄마가 맞는 거 같다.

뭔가 촉촉한 게 입에 닿았다. 발에도 닿았다. 첨벙첨벙 재밌다. 달달하고 걸쭉한데 맛이 희한하다. 엄마 젖은 아니다. 잠깐 맛보다가 말았다. 엄마로 추정되는 생물체에 몸이 닿으니 따뜻하다. 내 몸에 닿은 게 오르락내리락한다. 내 배랑 똑같다. 엄마가 맞다. 바깥 세상은 너무 무섭다. 엄마 배 속으로 다시 들어가고 싶다. 엄마 배를 파려고 하는데 잘 안 된다. 그렇게 자다 깨다 한다. 깨어나 보니 엄마가 없다. 어, 어디 있지? 왔다 갔다 하다가 아까 그 촉촉한 게 다시 발에 닿았다. 배가 고프다. 아쉬운 대로 이거라도 먹는다. 코에 촉촉한 게 들어갔다. 푸우 푸우 코를 풀었다. 근데 이거 맛이 없다. 조금만 먹고 관뒀다. 잠이 든 거 같다. 따뜻한 감촉이 다시 느껴졌다. 다시 엄마 배 속에 들어가려는데 잘 안 되고, 그러다 자고, 또 해 보고, 자고, 계속 그랬다.

첫째 날 (2)

아이고, 세상에⋯⋯. 눈도 못 뜬 어린 것이 태어나자마자 버림받았구나. 호랑이 무늬에 생긴 게, 내가 저녁마다 밥 주고 있는 버림받고 아픈 고양이들과 닮았다. 얠 그냥 두면 분명 똑같이 아프거나 살지 못하겠지. 내가 너 혼자 살 수 있을 때까지 만이라도 보살펴 주마. 가자, 이놈아. 놈을 손에 넣고 방으로 향한다. 손 안에 쏙 들어온다. 녀석의 꼼지락에 손이 간지럽다.

여기가 너랑 같이 살게 될 방이다. 뭐부터 해야 하나. 음⋯⋯. 몸에 온통 먼지. 일단 좀 씻자. 너무 뜨거워도 안 되고 너무 차가우면 감기 들겠지. 샤워기를 적당한 온도로 맞추고 약하게 살살 물을 묻힌다. 샴푸로 몽기작 몽기작 털을 감겨 준다. 녀석, 착하다. 얌전하네. 다 씻었다. 깔끔하네. 감기 들라. 큰 수건에 녀석을 쏙 집어넣어서 토닥토닥 물기를 닦아 준다. 수건의 따뜻한 감촉이 나쁘지 않은지 히잉 히잉 하면서 꼼지락댄다. 플라스틱 판때기 위에 수건을 하나 씌우고 내 침대 위에 녀석의 침대를 만들었다.

이 녀석 비쩍 말랐다. 뭘 좀 먹여야겠다. 인터넷으로 아기 고양이 이유식 만드는 법을 찾았다. 우유에 계란 노른자, 설탕을 넣고 섞으란다. 시키는 대로 만들고 뜨거운 물에 중탕을 해서 따뜻하게 데웠다. 접시에 붓고 이 녀석 입을 가까이 댔는데 얼굴을 돌린다. 먹을 생각은 하지 않고 그냥 접시 위를 힘겹게 첨벙첨벙 걷는다. 이유식을 내 손바닥 손가락에 묻혀서 녀석 입에 댔더니 찔끔 먹다가 다시 얼굴을 돌린다. 속상하다. 뭐라도 먹어야지, 이놈아. 그래야 살지. 책상에 앉아서 아기 고양이 키우는 법을 이것저것 뒤지고 있는데, 뒤에서 챱챱 소리가 난다. 접시 위에서 헤엄치듯 이유식을 먹는다. 코까지 이유식에 빠져서 챱챱 푸우를 반복한다.

지금부터 네 이름은 '챠챠'다. 턱, 입, 코 온통 이유식이 묻어 있다. 하얀 수염이 있는 거 같다. 귀엽다. 하지만 잠깐 먹다가 만다. 안 되겠다. 사우디 이 동네 읍내에 나가서 고양이 분유를 찾아봐야겠다. 근데 나 없는 동안 침대에서 떨어지면 어떡하지. 이불로 거대한 성벽을 쌓고 방을 나왔다. 읍내에는 동물가게가 두 군데 있다고

151

03
동거, 백 일째

한다. 두 가게 모두 가 봤는데, 젠장, 온통 낙타나 양이 먹을 수 있는 것만 있다. 다시 방으로 돌아왔다.

챠챠는 이불섶 안에서 잠들어 있는 듯 보인다. 갑자기 겁이 덜컥 났다. 가까이서 보니 녀석의 앙증맞은 배가 오르락내리락한다. 자는 거 맞다. 이유식을 다시 데워서 먹이려 했는데 얼굴을 계속 돌린다. 홀쭉한 배가 날 속상하게 한다. 내 옆구리에 품고 재운다. 녀석은 자꾸 내 옆구리 밑으로 들어오려고 동굴 파기를 한다. 내가 몸을 돌리다 깔리진 않을지 걱정하며 선잠에 든다. 녀석의 꼼지락, 깔릴까 하는 걱정에 자다 깨다를 반복한다.

둘째 날 (1)

깜깜하지만 밝은 빛이 생기는 게 느껴진다. 뭔가 소리가 들리더니 이내 조용하다. 엄마가 없다. 울었다. 그래도 엄마는 없다. 울다 자다 울다 자다 했다. 그러다 따뜻한 감촉이 느껴진다. 엄마다. 엄마한테 파고든다. 따끈하고 축축한 게 내 입에 닿는다. 어제 맛봤던 거 보단 나은데 그래도 맛이 없다. 배가 고파서 조금 먹긴 했지만, 많이 먹고 싶지 않다. 어제처럼 엄마 배 속에 들어가려고 파다 자다 파다 자다 한다.

둘째 날 (2)

새벽이 밝았다. 녀석은 여전히 내 옆구리에 착 붙어서 꼼지락거리며 잔다. 날이 밝자마자 현지 사람한테 고양이 분유와 젖병을 사 오라고 부탁했다. 다행히 구해 왔다. 일하는 틈틈이 챠챠가 잘 있는지 걱정된다. 저녁에 일 끝나자마자 식당을 건너뛰고 방부터 갔다. 챠챠는 새근새근 자고 있다. 여전히 홀쭉한 배가 날 마음 아프게 한다. 초조한 마음으로 따뜻한 우유를 만들어서 젖병에 넣고 챠챠 입에 닿게 했다. 아무 반응이 없다. 입 속에 억지로 집어넣으려 해도 거부한다. 내 손바닥과 손가락에 묻혀서 먹게 하려 해도 안 먹는다. 찜찜해서 다시 확인해 보니, 고양이 분유가 아니다. 사람 분유다.

나의 부주의로 또 하루를 굶어야 하는 챠챠가 너무 안쓰럽고 미안하다. 손바닥에 붓고 억지로라도 먹인다. 많이 먹지 못하고 계속 고개를 돌린다. 다시 품에 넣고 잠을 청한다. 녀석의 꼼지락에 여전히 깊은 잠은 잘 수가 없다.

셋째 날 (1)

아무도 없다. 혼자다. 왔다 갔다 하다 보면 뭔가 부드러운 게 날 가로막는다. 부드럽고 포근한 느낌이 좋아서 그 안에 들어가서 잔다. 무슨 소리가 들린다. 달그락 달그락. 뭔가 입에 닿았다. 따뜻하다. 엄마 젖꼭지인 거 같다. 고소하고 달달한 게 내 목으로 넘어간다. 엄마 젖이다. 맛있다. 한참을 먹었다. 배부르다. 그러다 다시 조용하다. 또 혼자다. 부드러운 벽 밑에서 자다 깨다 한다.

한참 후에 엄마가 다시 왔다. 엄마 손 안에 있는데, 어? 엄마가 보이기 시작한다! 아, 엄마가 이렇게 생겼구나. 나와 엄마를 둘러싼 것들이 보이기 시작한다. 이불 성벽도 보인다. 세상이 보인다.

셋째 날 (2)

현지 사람한테 확인해 보니 읍내에는 고양이 분유를 파는 데가 없단다. 다시 부탁을 했다. 인근 도시를 싹 뒤져서 좀 사 달라고. 서너 시간 후, 현지 사람이 드디어 구했다며 물건을 나한테 건네준다. 분 유통에 아기 고양이 사진이 있다. 이번엔 확실한 거 같다. 작은 젖병 도 부탁대로 같이 구해 왔다. 점심시간을 이용해서 바로 숙소로 향했다. 설레는 마음으로 따뜻한 우유를 만들고 젖병 꼭지를 챠챠 입에 댔다. 챠챠가 고개를 좌우로 돌리다가 어쩌다가 꼭지를 입에 문다. 난 젖병을 눌러 주며 우유가 나오게 했다. 챠챠가 젖병을 꼭 잡더니 먹기 시작했다. 맛있게도 한참을 먹는다. 배 터지는 거 아닌가 싶어 억지로 끊어야 할 정도였다. 데려오고 처음으로 배가 빵빵하다.

　침대에서 떨어지지 않게 이불 성벽을 점검하고, 다시 사무실로 향했다. 일하다 보니 어느덧 해가 저물고 있다. 사우디 사막의 노을, 이국적 경치를 감상하며 숙소로 향한다. 방에 들어가니 챠챠는 새근새근 자고 있다. 배가 아직도 빵빵하다. 편안하게 자고 있는 녀석이 고맙고 반갑다. 침대 위에서 벽에 등을 기대고 가장 편안한 자세로 챠챠를 손에 잡고 들어 올렸다. 어라? 녀석이 윙크를 한다! 한쪽 눈을 떴다. 오른쪽 눈에 검은 눈동자가 보인다. 건강하게 눈을 뜨고 있는 녀석이 너무 고맙다. 고양이가 태어나서 열흘쯤 뒤에 눈을 뜬 다는 정보와 데려온 날짜를 조합해서 녀석의 생일은 9월 9일이 되었다. 태어나서 처음 본 대상, 나에 대한 느낌이 어떨지 궁금하다. 실망하진 않았을까.

여드레째 날 (1)

엄마 젖을 배불리 먹었다. 배가 터질 거 같다. 끄억 끄억 트림이
자꾸 나온다. 따뜻하고 촉촉한 게 내 궁디를 툭툭 친다. 오줌 눠야
지. 어라? 뭔가 나오긴 한 거 같은데, 오줌이 아닌 거 같다. 엄마가
쓰담쓰담 해 준다. 기뻐하는 거 같다. 암튼, 느낌이 너무 이상하다.
시원하면서도 왠지 창피하다. 이건 뭘까. 한참을 생각했지만, 뭔지
잘 모르겠다. 머리를 박고 생각에 잠겨 있는데, 어디선가 키득키득
소리가 들린다.

여드레째 날 (2)

여느 날과 마찬가지로, 젖병에 우유를 배불리 먹였다. 이 녀석, 배가 빵빵해서 뒤뚱뒤뚱 걷고 트림까지 한다. 오줌을 받으려고 모래 화장실 위에 챠챠를 놓고 젖은 휴지로 궁디 팡팡하는데, 처음으로 똥을 싼다. 사실 그동안 똥을 안 싸서 어디가 아픈 건 아닌지 걱정했었다. 황금빛 찬란한 똥이 너무 반갑다. 너무 고맙고 기특해서 챠챠 턱과 배를 쓰담쓰담 해 주었다. 이 녀석, 태어나서 처음으로 똥 싸고, 베개 옆에서 식빵 자세로 고개를 박은 채 한참 무슨 생각에 잠긴다. 그 모습이 너무 재밌어서 한참 웃었다.

스물다섯째 날 (1)

엄마가 내 얼굴을 잡고 그릇에 들이민다. 그릇 안에 거무튀튀한 뭐가 있는데 냄새가 낯설다. 뭔지 모르겠다. 고개를 돌렸다. 엄마가 그 거무튀튀한 걸 손에 잡고 내 입에 자꾸 억지로 넣는다. 난 퉤퉤 뱉었다. 빨리 젖이나 줬으면 좋겠다. 근데, 엄마가 그릇에 있는 걸 먹는 거 같다. 어라? 맛있나? 한참을 먹는다. 나도 따라해 볼까. 그릇으로 갔다. 냄새를 킁킁 맡다가 혀를 대 봤다. 어? 괜찮은데. 먹어 봤다. 야아~ 이거 맛있다. 이렇게 맛있는 게 있었다니. 엄마 젖보다 맛있는 거 같다. 한참을 허겁지겁 먹었다. 배가 빵빵하다.

스물다섯째 날 (2)

챠챠를 데려온 지 한 달이 되어 간다. 인터넷에서 보니 태어나서 3~4주쯤 되면 건식 사료를 먹여야 한단다. 아기 냥이 사료를 사 왔다. 지난 며칠 동안 사료를 먹이려고 했는데 잘 안 됐다. 그릇에 사료를 붓고 물에 불려서 부드럽게 만들었다. 챠챠 얼굴을 사료 그릇에 가까이 댔는데, 여전히 고개를 돌린다. 손에 사료를 몇 개 잡고 억지로 챠챠 입에 넣었는데 심하게 고개를 돌리며 거부하고, 입에 들어간 건 뱉어 버린다. 속상하다. 한참 클 때인데 우유만 가지고는 영양분이 많이 모자랄 텐데.

문득, 아기들이 엄마를 따라하듯 내가 먹는 시늉을 하면 따라할까 하는 생각이 들었다. 난 엎드려서 사료 그릇에 얼굴을 대고 쩝쩝 소리를 냈다. 내가 지금 뭐하는 건가 싶다. 챠챠는 그런 날 고개를 갸우뚱하며 호기심 어린 표정으로 쳐다본다. 그렇게 몇 번을 반복했다. 궁금해서 못 견디겠다는 듯, 챠챠가 그릇으로 다가오더니 냄새를 킁킁거리며 맡는다. 조심스럽게 사료를 혀로 날름날름 핥는다. 그러다, 갑자기 사료를 먹기 시작한다. 앞발을 그릇에 넣고 폭풍 흡입을 한다. 그릇 바닥이 보일 정도로 순식간에 먹는다. 배가 빵빵하다. 드디어 분유와 젖병 졸업이다.

스물여섯째 날 (1)

난 깊은 고민에 빠져 있다. 이틀 전에, 태어나서 첨으로 엄마한테 심하게 혼났기 때문이다. 내가 뭘 잘못한 거지. 아무래도 응가와 관련된 거 같다. 엄마는 내가 처음 응가 했을 때 많이 기뻐했다. 그날도 역시 난 엄마가 기뻐할 모습을 상상하며 자랑스럽게 응가를 했는데, 엄마는 날 혼냈다. 코를 때렸다. 아프진 않은데 이상하게 존심이 상한다. 그때 엄마가 손가락으로 내 응가를 가리키며 뭐라 뭐라 했는데 기억을 더듬어 보자. '때찌 때찌'라고 했던 거 같다. '때찌'가 뭐지. 혼난다, 뭐 그런 건가. 그럼 어쩌란 말인지.

잠깐, 가만있어 봐……. 엄마가 나 응가 하라고 궁디 팡팡을 항상 저 안에서 했었지. 그럼 응가를 저 안에서 하란 말인가. 그리고 응가 하고 나면 내 앞발을 잡고 밑에 깔린 걸 튕겼었지. 오늘 그렇게 한번 해 봐야겠다. 응가 하고 싶은데 조금만 참자. 엄마 오면 그때 하자.

엄마가 왔다. 지금이다. 엄마가 항상 궁디 팡팡 해 준 곳에 들어가서 응가를 한다. 엄마 나 보고 있지? 슬쩍 슬쩍 쳐다봤는데 엄마가 보고 있다. 이상하게 콧노래가 나온다. 응가 끝났다. 그담이 뭐였더라. 맞다 튕기기. 앞발로 밑에 깔린 걸 튕겼다. 담을 훌쩍 뛰어

넘어 엄마 앞에 가서 앉았다. 이거 맞지? 나 잘한 거지? 엄마가 날 쓰담쓰담 해 준다. 칭찬하는 거 같다. 내 생각이 맞았다. 기분 좋다. 어라? 어디서 심하게 맛있는 냄새가 난다. 그릇에 뭐가 있다. 색깔도 예술이다. 맛을 봤는데 환상이다. 거무튀튀한 것보다 훨씬 더 맛있다. 세상에는 맛있는 게 참 많구나. 엄청 먹었다. 기분도 좋고 왠지 힘이 나서 막 뛰어다녔다. 앞으로 엄마 올 때마다 응가 해야겠다. 그럼 칭찬받고 맛난 거도 주겠지.

스물여섯째 날 (2)

이틀 전에 챠챠가 침대 위에 응가를 하고 그걸 막 밟고 다니고 해서, 내가 심하게 혼냈다. 녀석의 코를 손가락으로 툭툭 치며 막 뭐라고 했다. 한 달이 다 돼 가는데 너도 이제 똥오줌 가릴 때도 됐잖아, 하면서. 그 일이 있고 이틀 동안 녀석의 응가 흔적이 안 보인다. 내가 너무 혼내서 이 녀석 혹시 변비 걸린 건 아닌지 미안하고 걱정된다.

일을 끝내고 방으로 들어가자 녀석이 갑자기 화장실로 들어간다. 어정쩡한 자세를 유지하더니 히~잉 히~잉 하며 콧노래를 부른다. 벽 쪽을 향해 그 자세로 있다고 고개를 뒤로 돌려 나를 힐끔힐끔 쳐다본다. 그러다 앞발로 모레를 몇 번 튕긴다. 화장실을 훌쩍 뛰어넘어 침대 끝에 앉아서, 눈을 가득 채운 검은 눈동자를 반짝이며, 나를 빤히 쳐다본다. '뭐하는 거지, 얘가 지금?' 하면서 화장실을 봤는데, 응가가 있다.

너무 대견해서, 난 녀석을 쓰담쓰담 심하게 칭찬해 주고, 오늘 사온 참치를 바로 꺼내서 줬다. 태어나서 처음 맛봤을 환상적인 맛에, 황홀한 표정으로 단숨에 다 먹는다. 참치를 먹고 나서, 조증 아닌가 싶을 정도로 사방을 뛰어다니며 심하게 기분 좋아한다. 그러고 보니, 아까 응가 하고나서 앞발로 모래를 튕기긴 했는데, 방향이 응가와 전혀 상관이 없다. 그동안 내가 화장실에서 궁디 팡팡해서 응가를 하면 앞발을 잡고 모래를 튕기게 했는데, 그게 기억났나 보다. 하긴 하는데 왜 하는지를 모른다. 머리가 좋은 건지 나쁜 건지 헷갈린다. 너무 웃기다. 그날 이후, 녀석의 콧노래 응가쇼는 며칠간 계속되었다.

쉰첫째 날 (1)

엄마랑 비슷하게 생긴 생물체가 엄마랑 같이 들어왔다. 둘이 뭐라 뭐라 하더니 갑자기 내 밥이랑 화장실이랑 들고 옮긴다. 엄마가 나를 안더니 밖으로 나간다. 엄마가 가끔 밖으로 날 데리고 나오는데, 항상 무섭다 난. 엄마랑 같이 있는 곳이 맘이 제일 편하다. 새로운 곳에 왔다. 엄마가 날 안고 무슨 말을 하고 나간다. 아까 봤던 생물체만 보인다. 여긴 어디지. 엄마는 어디 간 거지. 여긴 엄마랑 같이 있던 곳하고 비슷하긴 한데 낯설다. 엄마는 왜 안 오지. 저 생물체는 뭐지. 뭐지 이게, 도대체? 자다 깨다 하룻밤이 지나간다.

쉰첫째 날 (2)

  어느덧 챠챠랑 같이 산 지 두 달이 되어 간다. 난, 10개월만에 처음으로, 그리운 한국으로 휴가를 출발하고, 그동안 챠챠랑 떨어져 있어야 한다. 휴가 날짜가 확정된 순간부터, 휴가의 설렘과 함께 '얘를 어찌 해야 하나' 걱정도 내려놓을 수 없었다. 다행히도 사우디 숙소에 같이 있는 후배가 맡아 주기로 했다. 근데 이 후배가 한 번도 동물과 같이 산 적이 없어서 걱정을 많이 했다. 뭔 일 생기면 카톡을 하기로 하고 챠챠와 물건들을 후배 방으로 옮기기 시작했다. 낯선 곳으로 들어가 당황한 듯 보이는 챠챠에게 인사를 하고, 서울로 출발한다.

  서울에 도착해서 챠챠의 근황을 물으니, 지난밤에 쇼파에 계속 앉아 있었고, 자는 후배를 귀찮게 하지 않았다고 한다. 자다 잠깐 깨서 보니, 방바닥에서 챠챠가 후배를 경계하는 듯 빤히 쳐다보고 있었다고 한다.

쉰둘째 날 (1)

어제 하룻밤을 보냈던 그 생물체가 한참 있다가 어둑어둑해지자 다시 왔다. 엄마는 여전히 안 보인다. 그래도 하루 있어서 그런지 여기도 조금 적응이 돼 가는 거 같다. 그 생물체가 자려는지 눕는다. 심심해서 툭툭 건드렸다. 엄마는 툭툭 건드리면 앞발을 나한테 줬다. 난 엄마 앞발하고 노는 게 제일 재밌었다. 근데 툭툭 건드려도 반응이 없다. 재미가 없다. 엄마는 도대체 어디 간 거지? 왜 안 와.

날이 밝았다가 다시 어둑어둑해지자, 그 생물체가 나를 데리고 나와서 다시 어딘가에 놓았다. 어? 여기, 낯익은데? 엄마랑 같이 있던 거기네? 오늘은 엄마가 오려나. 나한테 밥을 주고 놀다가 그 생물체가 문밖으로 나간다. 하지만 엄마는 오지 않는다. 혼자서 밤을 보낸다. 심심하다. 외롭다. 무섭다. 엄마가 빨리 오면 좋겠다. 엄마가 설마 날 버린 건 아니겠지.

쉰둘째 날 (2)

서울 온 지 이틀째, 챠챠를 맡았던 후배한테 톡이 왔다.
'저 어제 거의 못 잤어요. 챠챠가 계속 건드리고 할퀴고. 아무래도 같이 못 잘 거 같아요. 오늘 밤에는 원래 있던 방에 데려다 놓고, 제

가 저녁마다 밥 주고 놀아 주다가 잠은 따로 자야 할 거 같습니다.'

어쩔 수 없겠다 싶어 그리 하라고 했다. 그렇게 저녁 두세 시간을 제외하고 챠챠는 혼자 지내야만 했다.

일흔 번째 날 (1)

엄마 비슷한 생물체들이 어둑어둑해지면 와서 잠깐 있다가 간다. 며칠을 혼자 잤는지 모르겠다. 아무래도 엄마가 날 버린 거 같다. 내가 뭘 잘못했나. 오늘도 나 혼자 있어야 하나.

어둑어둑해졌다. 항상 오던 생물체들도 오늘은 오지 않는다. 심심하고 외롭고 무섭다. 그러다 어디선가 "챠챠, 챠챠~" 소리가 들린다. 어? 이 소리는! 엄마가 여기 들어올 때 항상 내던 소리, 날 부르는 소리였는데! 문 쪽으로 달려간다. 문이 열린다. 근데 이건 뭐야, 시커먼 엄청 큰 게 쑥 들어온다. 깜짝이야. 도망쳤다. 어, 근데 시커먼 거 옆에 누가 날 쳐다본다. 엄마다! 엄마한테 달려간다. 엄마가 날 꼭 안아 준다.

엄마 근처에서 계속 뛰어다녔다. 그러다 엄마 앞발한테 장난을 치면 그전처럼 날 잡아서 뒤집어 주고, 너무 재밌다. 한참을 엄마랑 놀았다. 으허헉 으허헉 숨이 차다. 갑자기 어두워지고 엄마가 눕는다. 자려나 보다. 이제 그만 놀 시간이 됐나. 갑자기 허기가 져서 밥을 먹었다. 침대 위로 올라가 엄마 얼굴에 내 얼굴을 부빈다. 엄마를 다시 만나서, 엄마가 날 버린 게 아니라서 기분이 너무 좋다. 기분 좋으면 나도 모르게 '으으으' 소리가 나면서 목이 떨린다. 그 떨림이 멈추지 않는다. 오랜만에 기분 좋게 나른하고 잠이 온다.

일흔 번째 날 (2)

서울 휴가를 마치고 사우디로 복귀한다. 비행기 안에서도 챠챠가 과연 나를 기억이나 할는지, 반가워할지 궁금했다. 늘 하던 대로 "챠챠, 챠챠~"하며 큰 가방을 밀어서 숙소 문을 여는데, 챠챠가 바로 앞에 있다. 이 녀석, 그동안 훌쩍 컸네. 시커먼 가방이 무서운지 깜짝 놀라서 줄행랑을 치다가, 방 안에서 잠깐 동안 고개를 갸우뚱, 나를 쳐다보더니 전속력으로 달려온다. 그 이후에는 늘 그랬듯이 조증 아닌가 걱정될 정도로 심하게 뛰댕기고 나한테 장난을 친다. 냉장고 위에도 올라간다. 가공할 점프력이다.

불을 끄고 침대에 눕자, 그제야 아까 줬던 참치를 먹는다. 그리고 '으으으' 진동을 하며 내 얼굴에 부비부비를 하고 내 목 위에 축 늘어진다. 진동이 멈추지 않는다. 그러다 잠이 든다. 아침에 눈을 뜨니 내 얼굴 옆에 착 붙어서 자고 있다.

165

여든 번째 날 (1)

밝아질 때쯤 엄마는 일어난다. 바쁘다. 촤촤, 치카치카 소리가 나고 왔다 갔다 한다. 그러다 밖으로 나간다. 그때부터 난 어둑어둑해질 때까지 혼자 있다. 너무 심심하다. 엄마가 또 사라지지 않을까 무섭기도 하다. 내가 건드리면 이상한 소리가 나는 것들이 있다. 난 그것들을 앞발로 툭툭 치면서 뛰어다니고 깨물며 노는 게 재밌다. 근데, 엄마가 없으면 이상하게 재미가 없다. 엄마가 옆에서 보고 있어야 재밌다. 그래서 나는 혼자 있을 때 자거나 멍 때린다. 엄마가 오면 신나게 놀 테니까 힘을 비축한다.

그러다, 어두워지고 엄마가 온다. 엄마가 사라지지 않아서 일단 안심이 되고, 막 힘이 난다. 신난다. 엄마 털하고 얼굴을 핥으며 다시는 날 버리지 말라고 찜을 한다. 그리고, 난 막 논다. 너무 재밌다. 이젠 여기서 제일 높은 곳에도 올라간다. 높은 데 올라가는 것도 재밌고, 그 위에서 아래를 내려다보면 정말 기분 째진다. 그러다, 다시 어두워지고 엄마가 자리에 누우면 그제야 배가 고픈 게 느껴지고 밥을 먹는다. 그리고 따뜻한 엄마 체온을 느끼며 잔다.

여든 번째 날 (2)

사우디로 다시 온 지 열흘이 되어 간다. 이 녀석, 새로운 습관이 하나 더 생겼다. 내가 퇴근해서 TV를 보며 소파에 앉아 있으면, 소파 등받이 위에 올라가서 내 머리를 그루밍한다. 핥핥. 머리를 기대고 앉아 있으면, 헤어 케어를 받는 기분이다. 가운데 머리카락으로 출발해서 구레나룻 끝선까지 정성스럽게 케어를 해 준다. 또, 침대에 누우면 이번엔 내 머리 뒤 베개 위에 올라가서 앞발로 내 이마를 꾹꾹이 하며 얼굴 각질 제거 케어를 한다. 이마, 눈썹, 눈두덩이를 두루두루 케어한다. 까끌까끌한 게 간지럽기도 하고 시원하기도 하다. 고양이가 뭔가를 핥는 이유를 찾아보니, 내 소유물에 대한 영역 표시라고 한다. 챠챠가 나의 주인님?

내가 퇴근한 후, 챠챠의 일상이 점점 더 규칙적으로 고정되어 간다. 내가 소파에 앉으면 내 머리카락 케어 후, 막 뛰어다니고 놀기. 침대 위에 기대앉아서 책이나 웹툰을 보면 방바닥, 침대, 책상을 날아다니며 놀다가 앞발로 툭툭 치며 날 방해하기. 불을 끄고 다시 누우면 그제야 밥을 든든히 먹고 침대에 올라와 내 얼굴 각질 제거 케어, 진동하며 부비부비, 그러다 잠이 든다. 이 녀석, 내가 일할 때, 낮에는 혼자 뭐 하는지 궁금하다. 몰래 카메라라도 설치하고 싶다.

아흔 번째 날 (1)

어두워지고 엄마가 왔다. 엄마가 오면 환해진다. 신기하다. 신난다. 놀아야지. 근데, 갑자기 차가운 공기가 들어온다. 뻥 뚫린 엄청 큰 구멍이 보인다. 그 구멍 밖은 여기보다 어둡다. 구멍 근처로 가서 밖을 살핀다. 황토색, 회색, 검은색이 보인다. 엄마랑 있는 여기가 온 세상인 줄 알았는데, 밖에 새로운 세상이 또 있다. 궁금하고 무섭다.

엄마가 밖으로 나간다. 나도 따라 나간다. 엄마가 안 보인다. 무서워서 나는 막 운다. 엄마가 다시 보인다. 다행이다. 엄마가 날 안고 새로운 세상을 걷는다. 난 무서워서 제일 위로 올라가서 또 운다. 새로운 세상의 바닥에 내려왔다. 엄마랑 같이 있는 세상보다 딱딱하다. 무서워서 어두운 동굴 같은 데에 숨는다. 엄마가 우리가 왔던 데로 다시 가는 거 같다. 난 쫓아간다. 새로운 세상으로 나왔던 아까 그 구멍이 보인다. 근데 그때, 앞에 뭐가 있는데, 움직인다. 나보다 훨씬 큰 거 같다. 난 구멍 안에 원래 세상으로 도망간다. 엄마도 들어온다. 구멍이 없어진다. 마음이 안정된다. 난 다시 막 논다.

아흔 번째 날 (2)

다행스럽게도, 사우디 프로젝트를 끝내는 걸 가로막았던 여러 가지 외부 제약들이 하나둘씩 해결되고 있다. 앞을 볼 수 없었던 어두운 터널 같던 프로젝트가 이제는 출구의 빛이 보이기 시작한다. 사우디를 떠날 때가 다가오고 있다.

그런 생각이 들자, 나는 챠챠에 대한 깊은 고민에 빠진다. 한국에 계시는 안방마님께서는, 이미 집에 냥이 두 마리가 있어 더 이상은 안 된다고, 내가 챠챠를 들였을 때부터 분명히 선을 그었다. 그럼 이제 남은 방법은 두 가지. 야생으로 돌려보내기, 사우디에서 입양 보내기. 둘 다 해 봐야 한다.

우선, 야생 적응 훈련부터. 며칠 전부터, 퇴근해서 방으로 들어가면 문을 열어 두었다. 챠챠는 호기심 가득한 표정이지만, 밖으로 나가지는 못한다. 내가 먼저 밖으로 나간다. 녀석이 조심스럽게 따라 나온다. 숙소 출입구 철제 계단 밑에 움츠리고 앉아서 경계 태세에 들어간다. 챠챠의 활동 반경을 늘리기 위해 내가 숙소에서 멀리 떨어져 걸어간다. 챠챠는 계단 주변에서 벗어나지 않고 나의 움직임을 예의주시한다.

　내가 숙소 옆으로 사라지자, 심하게 울기 시작한다. 내가 들었던 울음 중에 가장 크다. 그러다, 내가 다시 보이면 울음을 멈춘다. 녀석을 안고 숙소를 가로지르는 길을 따라 걸어간다. 챠챠는 심하게 바둥거리다 내 어깨 위로 올라가 계속 운다. 몸을 낮추자 녀석이 점프, 길바닥에 착지한다. 길가에 세워 둔 차의 바퀴 뒤에 가서 숨는다. 조심스럽게 천천히 왔다 갔다 움직인다. 내가 다시 숙소 쪽으로 걸어가자 전속력으로 달려온다. 그때, 숙소 앞에 하얀 바탕에 검은 깻잎머리 고양이가 있다. 눈이 땡그레, 놀란 표정으로 나와 챠챠를 번갈아 본다. 챠챠도 깜짝 놀라며 숙소 안으로 뛰어 들어간다. 검정 깻잎머리가 호기심 가득한 표정으로 숙소 안을 잠깐 기웃거리다 어디론가 가고 없다.

아흔첫 번째 날 (1)

　난 요즘 좀 헷갈리다. 바깥세상을 왔다 갔다 하다가 갑자기 든 생각인데, 엄마랑 난 좀 다른 거 같다. 내가 날 본 적은 없지만, 바깥세상에서 봤던 무서운 생물체들, 그것들이 오히려 나랑 비슷한 거 같다. 난 엄마처럼 커지려고 열심히 먹는데, 아무리 먹어도 엄마만큼 클 거 같지가 않다. 엄마가 먹는 걸 나도 먹으면 엄마처럼 커지려나, 엄마가 뭐 먹을 때 나도 먹으려고 냄새를 맡으면, 어휴, 어떻게 그런 걸 먹지. 나도 크면 나중에 그런 걸 먹으려나. 먹는 것도 다르고, 덩치도 다르고, 울음소리도 다르고. 바깥세상에서 나랑 비슷한 울음소리를 내는 그것들은 뭐지. 엄마랑 막 놀다가 문득, 엄마 얼굴을 쳐다보며 이런 생각에 잠긴다. 근데, 요즘 들어 날 쳐다보는 엄마 표정도 가끔 애매해 보인다.

아흔첫 번째 날 (2)

며칠 동안 야생 적응 훈련을 한 결과, 챠챠가 혼자 살아갈 수 있을지 점점 더 걱정스럽다. 불길한 느낌이 커진다. 동네 일진 냥이들한테 다구리 당하는 건 아닌지, 도로에서 차에……. 이건 생각하기도 싫다. 버려졌다는 충격과 공포에서 벗어나지 못하고 사막을 헤매고 다니는 챠챠의 모습이 머리에서 지워지지 않는다. 언제부터인지 챠챠를 보는 내 눈이 즐겁지만은 않다. 챠챠도 요즘 가끔씩 날 멍하게 쳐다보는데 표정이 애매하다.

혹시나 하는 마음에, 사무실에 있는 사우디 현지인을 불러 조심스럽게 얘기를 시작했다. 개인적인 부탁인데, 고양이를 좋아하고 맡아 줄 사람이 있는지, 찾아볼 수 있는지. 챠챠가 제일 예쁘게 나온

03
동거. 백 일째

사진도 보여 줬다. 근데 이 친구, 뭘 그리 어렵게 얘기하느냐는 듯, 바로 대답한다. "제가 기를게요. 집에 이미 고양이 한 마리 있어요. 혹시 제가 못 기르더라도 주변에 고양이 보살펴 줄 사람 많아요." 사우디 사람들이 원래 개보다 고양이를 더 좋아한단다. 정결한 동물이라고. 정말 다행이다. 마음이 좀 가벼워진다. 남은 시간, 둘이 즐겁게 지내라고 하면서, 내가 사우디를 떠나기 직전에 넘겨받겠다고 한다. 이제, 챠챠의 미래에 관한 고민은 내려놔도 될 것 같다.

백 일째 날

내가 침대에 누워 있으면, 챠챠가 내 발 쪽에서 몸을 최대한 움츠리고 엉덩이를 씰룩씰룩 사냥 자세를 취한다. 그러다, 앞발과 뒷발모두 쫙 펴고 내 얼굴 쪽으로 날아온다. 밑에서 보고 있으면 박쥐같다. 웃기면서 무섭다. 내 손, 팔하고 놀 때는, 장난으로 시작하지만장난이 아니다. 정말로 내 손을 먹으려는 거 아닌가 싶다. 간혹, 비명을 크게 질러서 내가 아프다고 알려 준다. 이 녀석아, 넌 장난이지만 난 장난이 아니란다. 비명이 효과가 없어서 심하게 야단을 친적이 있다. 이 녀석, 한동안 시무룩해 있다. 눈치가 백단이다. 기가죽어 있는 녀석이 안쓰러워서 그냥 내 팔을 내주고 만다. 그래. 놀아라, 놀아. 내 손등과 팔목엔 영광의 상처가 생긴다. 요즘 가끔 어질어질한 게 피가 모자란 거 아닌가 싶을 때가 있다. 그럴 땐, 챠챠를 의심스럽게 쳐다보게 된다. 이 녀석, 혹시 간밤에 내 목을…….

그래도 오늘 보니, 너 정말 많이 컸구나. 눈도 못 뜨던 놈이 이렇게 살아 줘서, 자라 줘서 대견하네. 이젠 챠챠가 없는 사우디 숙소는 생각할 수가 없다. 퇴근하고 숙소에 도착해서 방문을 열면 어찌 아는지 항상 문 바로 안에서 기다리다 바로 튀어나온다. 혼자 심심했지, 하면서 안으면 심하게 진동을 하며 날 맞이한다. 고단했던 하루에 대한 위로를 해주는 거 같기도 하다.

버림받은 아기 냥이를 일단 살려는 놓자는 생각에 시작했던 이 녀석과의 동거, 오늘로 백 일이 됐다. 가끔 친구나 본사 후배들이랑 챠챠 얘기를 하면, 모두들 내가 사우디를 떠날 때 갠 어찌 되는 거냐고 걱정을 한다.

야생으로 돌려보내기는 접었다. 사우디 사막에서 야생 암컷 고양이의 삶을 안다. 교미를 한다. 새끼를 낳는다. 젖을 먹이고 먹을 걸 준다. 키운다. 교미를 한다. 새끼를 낳는다. 또 젖을 먹이고 키운다. 그 고단한 삶이 계속된다. 그나마 사람들이 먹을 거라도 주면 근근이 살아가지만, 번식력이 강한 고양이들에게 이 사막엔 먹잇감이 턱없이 부족하다. 결국, 강한 놈만 살아남는 살벌한 세계이다. 굶주림이나 병으로 새끼를 떠나보내야 하는 아픔도 겪는다. 나의 오지랄으로 인해 이미 사람 손이 타 버린 챠챠가 감당할 수 있는 무게가 아니다.

그래도 야생 본능이 지켜졌으면 하는 마음에 방문을 열어 놓곤 한다. 그럼 이 녀석, 호기심에 밖으로 뛰어나가지만, 역시 반경 5미터를 벗어나진 못한다. 그래도 그전보다는 바깥세상을 덜 무서워하는 것 같다. 방 안에서 챠챠 하고 부르면, 밖에서 이거저거 살피던 녀석이 한달음에 뛰어 들어온다.

이제 몇 달 후면 이 녀석은 사우디의 해변 도시에 농장이 있는 집으로 가게 되겠지. 좋은 환경과 따뜻한 사람들, 고양이 친구들하고, 아프지 않고 잘 지내길 바랄 뿐이다. 처음에 데려와서 젖병을 물리고 살릴 때는 마치 내가 신이라도 된 듯 뿌듯했는데, 어느새 이 녀석은 내가 사우디에 있어야 하는 이유를 하나 더 만들어 주었고, 내 외로움을 달래 주는 고마운 존재가 되어 버렸다. 지금 난 이 녀석과의 헤어짐을 준비 중이다.

04.
신(神)과의 토론

완벽한 침묵과 어둠이 감싸 안은
내 온몸의 감각이 삶의 의미를 느끼게 합니다.

신인(神人) 토론

(사회자) 시청자 여러분, 안녕하십니까. 견묘토론에 이어, 오늘 특별한 토론의 자리를 한 번 더 마련했습니다. 방송 최초로 신을 초대했습니다. 일명 신인(神人) 토론입니다. 인간 대표 한 분이 신과 일대일, 정면승부를 벌일 예정입니다. 먼저 서로 인사하시기 바랍니다.

(인간) 안녕하십니까.

(신) 그래, 안녕하느냐.

(사회자) 아무리 신이라지만, 방송에서는 존댓말을 써 주시기 바랍니다.

(신) 어…… 안, 안녕하십니까.

(사회자) 음…… 어색하군요. 그냥 반말하세요.

(신) 응, 그러자꾸나.

(사회자) 역시 그게 더 낫네요. 그럼, 먼저 이 토론의 배경에 대해 설명 드리겠습니다. 육십억의 사람들 중에 인간 대표는, 어떤 할아버지입니다. 선발 기준은 간단합니다. 신에게 가장 할 말이 많은 사람입니다. 여러분이 보시게 될 이 토론은, 인간 대표 할아버지가 평생을 살면서 신에게 한 질문을 압축해서 보여 드리는 겁니다. 이분의 과거가 지금 현재로 느껴질 수도 있습니다. 이 토론은 시간, 공간의 제약을 두지 않습니다. 그럼, 토론을 시작하겠습니다. 토론이 자연스럽게 흘러가야 하니, 저는 가능한 개입하지 않겠습니다.

(인간) 뭐부터 말해야 하나. 할 말이 너무 많은데……. 제가 어떻게 살아왔는지 알고는 계신가요.

(신) 알고 있느니라. 너무나 잘 알고 있다.

(인간) 알고…… 계셨군요.

(사회자) 아, 인간이 눈물을 흘리고 있습니다. 잠시 시간을 드리겠습니다.

…….

(인간) 아시다시피, 전 어렸을 때 부모를 잃습니다. 고아원에서 지내다가 입양됩니다. 새 부모님은 좋은 분들입니다. 하지만 날 진짜 아들처럼 대하려고 노력하는 모습이 고마우면서도 서글픕니다. 그런 것들이 의무감이라는 생각이 들 때마다, 내 핏줄이 아니라는 걸 느끼게 해 주거든요. 전 방황합니다. 가출도 합니다. 나쁜 짓도 합니다. 짜릿합니다. 제대로 반항하는 기분이랄까요. 누구에게 반항하는 건지는 잘 모르겠습니다. 화를 참을 수 없습니다. 다른 사람들을, 나를 망가뜨리고 싶습니다. 오늘도 나는 어두운 골목을 누비고 다닙니다.

그러다, 한 여자를 만납니다. 처음 봤을 때, 그 여자 주위에 환한 빛이 있습니다. 여신입니다. 여자의 미소가 나를 숨 막히게 합니다. 제 몸, 마음 모두 정지됩니다. 온통 그 여자 생각뿐입니다. 꿈에서도 환하게 웃으며 나를 봅니다. 정말 용기내서 데이트 신청을 합니다. 여자가 거절하지 않습니다. 심장이 터질 거 같습니다. 그녀가 좋아할 거 같은 시집을 한 권 선물로 삽니다. 데이트 시간이 다가옵니다. 하루 종일 설사를 합니다. 이상하게 몸이 덜덜 떨립니다. 온몸의 감각이 극도로 예민합니다.

난 카페에 앉아서 그녀를 기다립니다. 문이 열리는 순간, 난 그녀가 들어오는 걸 느낄 수 있습니다. 빛을 봤거든요. 그녀가 들어옵니다. 마치 공중에 떠서 오는 듯, 너무나 고요하게 와서 앞에 앉습니다. 난 뭔가 막 떠들고 있습니다. 무슨 말을 하는지 모르겠습니다. 무슨 말을 듣는지도 모르겠습니다. 기억이 하나도 안 납니다. 나 혼자 계속 뭔가를 주절거립니다.

카페를 나와서 그녀의 집에 바래다줍니다. 같이 걷습니다. 톡톡 닿는 그녀의 팔이 내 심장을 쿵쿵 때립니다. 벌써 그녀의 집 앞입니다. 시간이 왜 이리 빨리 간 건지. 그녀가 수줍게 웃습니다. 내 표정이 어떤지 난 모릅니다. 세상을 다 가진 것 같습니다. 난 깡충깡충 뛰어서 집으로 돌아옵니다. 길거리에서 아무나 붙잡고 그녀 얘길 하고 싶습니다.

난 이상하게 그녀를 만나면, 거친 반항아에서 순둥이가 됩니다. 밥을 급히 먹다 사래가 들렸을 때 그녀가 내 등을 두드려 주면, 그건 여신의 자애로운 은총의 손길입니다. 그녀가 날 위로하듯 머리를 쓰다듬을 땐, 그녀는 나의 엄마입니다. 내가 뭔가를 툴툴거릴 때 맞장구쳐 주며 내 편을 들어줄 땐, 누나입니다. 내 썰렁한 농담에 깔깔거리고 같이 신나게 놀 땐, 친구입니다. 서로의 체온을 느낄 땐, 내 여자입니다.

이제 난, 그녀가 없는 나를 생각할 수 없습니다. 무언가가 내 안에 꽉 차서 흘러나올 지경입니다. 너무 행복해서 감당이 안 됩니다.

난 지금도 그녀를 기다리고 있습니다. 한데, 그녀가 오지 않습니다. 전화도 받질 않습니다. 그녀의 집으로 갑니다. 점점 더 불길한 예감이 들어서 내 걸음도 점점 더 빨라집니다. 어느덧 난 전속력으로 뛰고 있습니다. 숨이 턱에 찹니다. 그녀의 집에 다다릅니다. 그녀의 소식을 듣습니다. 그녀는 죽었습니다. 교통사고가났다고 합니다. 다리에 힘이 풀립니다. 주저앉습니다. 웁니다. 계속 웁니다.

거리에 버려진 강아지가 날 울립니다. 갈지자로 떨어지는 낙엽이날 울립니다. 거리를 지나가는 할머니의 고단한 주름이 날 울립니다. 놀고 있는 아이들의 웃음소리도 날 울립니다. 계속 웁니다. 뭘어떻게 해야 할지 모르겠습니다. 너무 허전합니다. 너무 슬퍼서 피곤합니다. 고단합니다. 욕조에 물을 받습니다. 손목을 긋습니다. 눈이 감깁니다. 눈이 떠집니다. 병원입니다. 난 맘대로 죽을 수도 없습니다.

당신! 부모님을 데려간 걸로 충분하지 않았나! 도대체 왜! 왜! 나한테 왜! 나도 데려가! 나도!

(신) 지금 내가 어떻게 보이느냐.

(인간) 눈이 빨갛습니다. 머리에 뿔이 나 있습니다. 이빨이 날카롭게 번득입니다. 등이 굽어 있습니다. 피부가 파충류 같습니다. 혐오스럽습니다. 악마입니다. 증오합니다.

당신은 나를 벼랑 끝으로 몹니다. 이거 견딜 수 있어? 견디네. 그럼, 이건 어때? 또 견디네. 이것도 한번 견뎌 볼래? 계속……. 그렇게……. 제가 졌습니다. 못 견디겠습니다. 벼랑 끝에서 뛰어내립니다. 항복입니다.

근데 당신은! 아직은 아니지. 아직 남았어. 이 고단한, 의미 없는 삶을 더 살라고 합니다. 그리고 또 날 밀어붙이겠죠. 냉소적이고 잔인한 미소를 지으면서.

(신) 누군가 원망할 대상이 필요하다면, 그리고 그게 나라면, 그렇게 하거라.

(인간) 정말 가증스럽군요. 당신이 모든 걸 그렇게 만들어 놓고, 원망을 받아 주겠다니. 난 모든 걸 포용할 수 있다? 넌 미천한 존재이다. 뭐 그런 건가요. 장난하나요, 지금? 당신의 장난이 나한테는 뭐

였는지, 알기나 해!

(사회자) 잠시 감정을 누그러뜨릴 수 있는 시간을 드리겠습니다.

…….

(인간) 난…… 슬픔에서 헤어나지 못합니다. 더 살아야 할 이유가 없습니다. 찾아야 합니다. 그래야 더 살 수 있습니다. 난, 철학에 빠집니다. 쾌락에 빠집니다.

낮에는 삶의 가치를 찾아 관념의 세계로 들어갑니다. 고대 철학부터 인류가 삶에 대해 탐구했던 모든 걸 알고 싶습니다. 이천 년 전에 말씀하셨던 옛날 형님들부터 요즘 형님들까지 두루두루 책을 봅니다. 당연해 보이던 게 당연하지 않게 보이기 시작합니다. 짜릿합니다. 의심으로 출발해서 진리를 향해 가는 사고의 여정이 날 흥미진진하게 만듭니다.

그러다 해가 지면 멋지게 차려입고 나갑니다. 술을 마시고 여자를 탐합니다. 이 또한 짜릿합니다. 육체가 주는 모든 기쁨을 만끽합니다. 여자는 계속 바뀝니다. 사랑은 하지 않습니다. 더 이상 그따위 짓은 안 할 겁니다. 그걸 하면, 당신이 또 장난을 칠 테니까요. 당신의 장난질에 놀아나지 않을 겁니다, 더 이상은.

정신적 · 육체적 쾌락만 누립니다. 당신에게서 해방될 겁니다. 내가 자유롭다는 걸 제대로 보여 줄 겁니다. 낮에는 가장 인간다운 자유, 밤에는 가장 동물적인 자유 말입니다.

(신) 지금은 내가 어떻게 보이느냐.

(인간) 없습니다. 당신은.

…….

(인간) 삶의 가치를 찾는 탐구, 이제 좀 지칩니다. 잡힐 듯 잡힐 듯 안 잡힙니다. 끝없는, 집요한 회의(懷疑)가 이제 좀 지겹습니다. 삶의 의미를 찾기 위해 시작했는데, 지금 난 이제 아무것도 믿을 수가 없습니다. 심지어 내가 지금 여기 있다는 것도 의심하게 됩니다. 내눈에 보이는 내 몸이 실재하는 것인지 의심합니다. 지금 보이는 모든 물질, 내 눈도 의심합니다. 이런 생각을 하고 있는 내 영혼도 의심합니다. 내 안의 상처도 실제 있는지 의심합니다.

의심이 계속 커집니다. 이 세상에 보편적인 진리가 있는지부터 출발한 의심이, 감각, 물질, 본성, 공간, 시간, 관념, 경험, 논리, 선악, 도덕, 정의, 공리, 자유, 선(禪), 도(道), 신, 인간, 육체, 감정, 영혼, 나의 존재까지 이어집니다. 순서대로 의심하던 것들이 이젠 막 섞였습니다. 엉망진창입니다. 가면 갈수록 더 선명해지는 게 아니고 더 희미해집니다. 생각이 계속 빙빙 돕니다. 어지럽습니다.

마치, 의심이라는 시커먼 액체로 가득 찬 늪에 점점 더 빠져드는 것 같습니다. 삶의 의미를 찾기 위해 출발한 여정이, 치열함을 넘어, 호기심을 넘어, 허영심으로 갑니다. 의심으로 출발했는데, 이젠 냉소가 됩니다. 흥미로 출발했는데, 이젠 피로가 됩니다. 살아야 할 의미를 찾으려 했는데 이제는 죽어야 할 이유가 희미해집니다. 점점 더 피곤합니다. 점점 더 흥미가 떨어집니다. 점점 더 책과 멀어집니다.

나에겐 밤의 쾌락만 남습니다. 그런데 이 또한 지겨워지려고 합니다. 점점 더 자극적인 걸 탐합니다. 육체가 줄 수 있는 쾌락의 한계가 느껴집니다.

그러다, 한 여자를 만납니다. 처음엔 나의 쾌락을 만족시켜주는 많은 여자 중 한 명일 뿐이었습니다. 그런데 이 여자만 유일하게 나를 보는 눈빛이 다릅니다. 나를 불쌍하게 보는 눈빛입니다. 자꾸 쾌락외의 정신적인 교감을 하려고 합니다. 내 생활 안으로 들어오려고 합니다. 난 거부합니다. 그러다, 나도 모르게 마음이 자꾸 열립니다. 어느샌가, 우리는 흔히 얘기하는 연인이라 불리는 관계가 됩니다. 사랑인지 뭔지는 모르겠지만, 난 이 여자랑 있으면 그냥 편안합니다. 내 상처가 아물어 가는 느낌도 듭니다. 어쩜, 평생 같이 사는 것도 괜찮겠다 싶습니다. 청혼을 합니다. 그녀가 눈물을 흘립니다.

결혼이 다가오자 현실적인 문제로 정신이 번쩍 듭니다. 난 돈도 직업도 없습니다. 직장을 구합니다. 어렵게 어렵게 한 회사에 들어갑니다. 새로운 일을 배우고, 사람들과 부대낍니다. 아직까지는 일이 재밌습니다. 대출을 받아서 변두리에 아담한 신혼집의 전세자금을 마련합니다. 결혼을 합니다. 결혼을 준비하는 데 이거저거 너무 신경을 써서 그런지, 식이 끝나자 후련한 마음밖에 없습니다. 나도 아내도 누군가와 같이 단 둘이 사는 새로운 생활에 적응해 갑니다. 싸우기도 하고 사랑도 나눕니다.

아내가 아이를 가집니다. 불러 오는 아내의 배가 내 어깨를 무겁게 합니다. 그래도 아내의 배에 손을 대고 있으면 아기가 꼼지락대고, 그럴 때마다 말로 표현하기 힘든 감동 비슷한 게 옵니다. 아기가 태어납니다. 공주님입니다. 눈물이 납니다. 아내의 손을 꼭 잡아 줍니다. 아기의 발가락도 꼭 잡아 줍니다. 아내도 공주님도 아프지 않은 게 고맙습니다. 행복하고 편안합니다. 이게 깨지지 않았으면 합니다.

아내를 따라 종교를 가집니다. 신에게 얘기합니다. 당신에게 복종하겠습니다. 굴복하겠습니다. 구걸합니다. 제발, 이 행복을 빼앗지 말아 주십시오.

(신) 지금은 내가 어떻게 보이느냐.

(인간) 종교가 보여 주는 바로 그 모습입니다.

…….

(인간) 아이가 눈을 뜹니다. 걷기 시작합니다. 말을 하려고 옹알거립니다. 이제 의사 표현도 합니다. 기쁨, 슬픔, 화, 짜증, 실망, 무서움을 말로 표현합니다. 아이와 대화가 제법 됩니다. 아이가 점점 더 젊어지고 있습니다. 나에게는 점점 더 젊음이 없어집니다. 아직 늙음까지는 아니지만. 피곤하고 고단합니다. 몸의 회복이 늦어집니다. 아내도 그렇습니다. 그래도, 틈틈이 우린 소담스러운 일상의 행복을 느낍니다.

회사 일은 정신이 없습니다. 하루하루 그날그날 할 일을 해나갑니다. 때론, 밤을 새서 일을 합니다. 파김치가 돼서 집에 들어오면 쉬고 싶습니다. 혼자만의 시간을 갖고 싶습니다. 가끔, 아내의 잔소리와 아이의 투정이 귀찮습니다. 둘 다 잘 때가 제일 예쁩니다. 그래도, 편안하게 자고 있는 모습을 보고 있으면, 나도 편안해집니다. 더 성실하게 살아야겠다는 가장의 무게도 느낍니다. 이제 몇 년 만더 모으면 우리 집도 생길 거 같습니다.

병원에 다녀온 아내가 웁니다. 무섭다고 합니다. 병원에 같이 갑니다. 의사가 무표정하게 암이라고 합니다. 말기라고 합니다. 그 이후에 무슨 얘기를 하는지는 하나도 들리지 않습니다. 아내가 나한테 기대서 웁니다. 계속 웁니다. 아내는 병원에 입원을 합니다.

낮에는 일을 하고, 밤에는 병수발을 듭니다. 아내와 대화를 합니다. 결혼 후 나눴던 대화를 다 합친 것보다 더 많은 얘기를 나눕니다. 아내는 자길 사랑하느냐고 계속 묻습니다. 사랑한다고 바로 대답을 합니다. 그럼 아내는 거짓말이라고 날 흘겨보면서 수줍게 웃습니다.

아내가, 챙겨 줘서, 사랑해 줘서, 끝까지 옆에 있어 줘서 고맙다고 합니다. 아내의 손을 잡습니다. 너무 고단하다고 합니다. 아내가 눈을 감습니다. 그리고……. 눈을 뜨지 않습니다. 이 세상에 나하고 딸아이만 버려진 것 같습니다.

다행히도 딸아이는 속이 깊습니다. 어떤 땐, 나보다 더 깊은 거 같습니다. 딸아이에게서 아내의 모습을 봅니다. 아내의 병원비 때문에 그동안 모았던 전세금도 이제 없습니다. 작은 월세방으로 옮깁니다.

난 종교를 끊습니다. 신앙? 철학? 그따위 것들은 이제 더 이상 나의 관심이 아닙니다. 딸을 부끄럽지 않게 시집보내야 하는 게 내가 사는 유일한 이유입니다. 현실에 집중합니다. 전보다 더 치열하게 일을 합니다. 전보다 더 정성을 다해서 딸아이를 챙깁니다. 근데 요즘 보면, 내가 딸아이를 챙기는 게 아니고 딸아이가 날 챙기는 것 같습니다. 딸아이가 내 삶을 살라고 합니다. 하지만, 내 삶은 없습니다. 찾고 싶지도 않습니다.

난 다시 돈을 모읍니다. 천천히 돈이 모입니다. 딸아이는 이제 거의 젊은이가 됩니다. 난 젊음을 지나 중간 지점도 지나 이제 늙어 갑니다.

(신) 지금은 내가 어떻게 보이느냐.

(인간) 난 이제 당신한테 관심이 없습니다. 어떻게 보이는지, 있는

지 없는지조차 관심 없습니다. 난 당신을 외면합니다.

....

(인간) 우리 집이 생깁니다. 딸아이는 다 컸습니다. 이제 어엿한 숙녀입니다. 아름답습니다. 요란하지도 않겠지만, 부끄럽지 않게는 시집을 보낼 수 있을 것 같습니다. 난 정년퇴직이 그리 멀지 않은, 아직 직장인입니다. 요즘 우울증이 생긴 거 같습니다. 너무 우울합니다. 허무합니다. 어두움이 날 휘감습니다. 정신 치료를 받습니다. 난 주저리주저리 얘기합니다. 우울함이 없어지진 않지만, 좀 더 편안해집니다. 마음이 요동치는 게 조금 진정이 됩니다. 감정의 굴곡이 완만해집니다. 난 일기를 씁니다. 하루의 일상을 그냥 씁니다. 이제는 일기를 쓰고 잠자리에 드는 게 정해진 일상이 됩니다.

(신) 지금은 내가 무엇으로 보이느냐.

(인간) 당신은 질병입니다. 치료해야 합니다. 치유되어야 합니다.

....

(인간) 딸아이가 시집을 갑니다. 집을 팝니다. 일부는 딸아이 시집

보내는 데 쓰고, 남은 돈을 가지고 도시 밖에 마당 있는 작은 집을 얻습니다.

딸아이 결혼식을 합니다. 친구들, 회사 동료들이 몇몇 왔습니다. 딸아이의 손을 잡고 가서 신랑한테 넘겨줍니다. 내 자리에 앉습니다. 딸아이와 눈이 마주칩니다. 딸아이가 손을 떱니다. 예쁜 얼굴을 자꾸 숙입니다. 이제 어깨도 떱니다. 안 그러려고 무지 참았는데, 자꾸 눈물이 납니다. 딸아이는 신랑을 따라 해외로 이민을 갑니다.

난 회사를 나옵니다. 어쩌다 보니 삼십 년을 일했습니다. 오랜 기간 동안 일을 할 수 있었던 게 고맙기도 합니다. 후배들이 환송 모임을 해 줍니다. 취합니다. 서운합니다. 아련합니다. 후련합니다. 허전합니다. 난 정신 치료를 그만둡니다. 집 근처에 공방을 하나 차립니다. 가끔씩 반가운 손님들이 찾아옵니다. 동네 사람들도 옵니다. 공방은 작업장이자 휴식처가 됩니다. 따뜻한 햇볕을 쬐며 책도 봅니다.

젊었을 때 멈췄던, 삶의 가치를 찾는 여정이 다시 하고 싶어집니다. 하지만 그때처럼 초조하지는 않습니다. 그땐, 만약 삶의 의미를 못 찾으면 더 살지 않겠다는 생각이었던 거 같습니다. 생사를 결정하기 위해 공부를 했습니다. 치열했습니다. 그러나 지금은 다릅니다. 쫓기지 않습니다. 찾아도 좋고 못 찾아도 상관없습니다. 찾는 여정 자체만으로 괜찮습니다. 오히려 해답을 덜컥 찾아 버리면 어쩌나, 그다음엔 뭘 하면서 남은 삶을 보내나 싶습니다. 머리를 때리는 깨달음의 순간이 그리 빨리 오지 않았으면 합니다. 어쩌면, 못 찾았기 때문에 더 살 수 있습니다. 그전에 책과 생각으로 얻으려 했던 걸, 지금은 몸의 감각으로 조금씩 아주 조금씩 느껴 갑니다.

맛있게 밥을 먹고 요가 자세로 자기 몸을 핥고 있는 고양이, 삶의 고뇌가 없어 보이지만 주어진 삶을 무심하게 살아가고 있는 한 생명을 보고 있는 내 눈의 감각이 삶의 의미를 느끼게 합니다. 그리운 사람들을 생각하며 아련하게 찌릿해지는 내 가슴의 감각이 삶의 의미를 느끼게 합니다. 재밌었던 일이 기억나서 웃음 짓게 하는 내 뇌의 감각이 삶의 의미를 느끼게 합니다. 잠깐 뛰었을 뿐인데 숨이 턱에 차서 헐떡거리는 내 폐의 감각이 삶의 의미를 느끼게 합니다. 뜨거운 물을 받아 반신욕을 할 때 온몸이 열리는 듯 나른해지는 내 땀구멍의 감각이 삶의 의미를 느끼게 합니다. 불을 끄고 잠자리에 누워 완벽한 침묵과 어둠이 감싸 안은 내 온몸의 감각이 삶의 의미를 느끼게 합니다.

난 여행을 떠납니다. 긴 여행입니다. 비행기를 타고 버스를 타고 배를 타고 기차를 타고 자전거를 타고 걷습니다. 크루아상을 먹고 난을 먹고 케밥을 먹고 샤와르마를 먹고 따코를 먹습니다. 라틴

족, 슬라브족, 게르만족, 마자르족, 오스만투르크족, 셈족, 인디언을 봅니다. 독일의 동화 같은 마을에서 커피를 마시고, 오스트리아 와인 마을에서 포도주를 한잔하고, 헝가리 안개 낀 호숫가에서 오믈렛을 먹으며 아침을 열고, 이탈리아와 프랑스의 멋진 도시에서 인류의 문명에 감탄하고, 모나코의 절벽 도시에서 인간의 도전에 박수를 보내고, 알프스와 히말라야의 압도적인 자연에 겸손해지고, 멕시코 휴화산 꼭대기 만년설에 피어 있는 까칠한 화산장미를 만지고, 중세 분위기의 독특한 폐탄광촌에서 말을 타고, 쿠바에서 예스러운 건물과 형형색색 자동차를 보며 독특한 음악에 빠지고, 도미니카에서 눈부신 카리브 해의 바닷물에 몸을 담그고, 페루 고대도시에서 고산병을 겪으며 경이로움을 느끼고, 캐나다 로키산맥의 산속 온천에 심신을 녹이고, 아르헨티나에서 탱고를 즐기고 거대한 폭포 밑에서 물을 맞습니다. 걷고 버스를 타고 비행기를 탑니다.

기나긴 여행을 마치고 돌아옵니다.

나의 일상이 고정됩니다. 매끼 먹고 싶은 음식을 하는 것도 이제는 쏠쏠한 낙입니다. 지금은 닭백숙이 먹고 싶습니다. 읍내에서 닭을 한 마리 사 옵니다. 마당 평상에서 닭을 끓입니다. 국자로 거품을 걷어 냅니다. 국물을 떠먹어 봅니다. 제법 백숙 같습니다. 동네 고양이들이 군침을 흘리며 모여듭니다. 뼈가 목에 걸리지 않게 살을

발라서 고양이에게 줍니다. 잘 먹습니다. 고양이를 챙겨 주고 나서, 통마늘을 몇 개 넣습니다. 마당 텃밭에서 고추를 따서 된장에 찍어서 한입 먹습니다. 기분 좋게 맵고 식욕이 올라갑니다. 닭다리를 하나 잡고 소금 후추에 찍어서 먹습니다. 부드럽고 쫄깃합니다. 맛있습니다. 국물에 밥을 넣고 푹 끓입니다. 닭을 먹고 죽을 먹습니다.

　그렇게 하루가 갑니다. 또 하루가 갑니다. 또 하루가 갑니다. 또 하루가 갑니다. 또 하루가 갑니다. 또 하루가 갑니다. 또 하루가 갑니다.

　그렇게 일주일이 갑니다. 그렇게 한 달이 갑니다.

　외롭습니다. 외롭지 않습니다.

　고요합니다. 평화롭습니다.

　봄이 갑니다. 여름이 갑니다. 가을이 갑니다. 겨울이 갑니다.

　계절이 계속 바뀝니다.
　몸의 기운이 떨어져 갑니다.
　움직임이 점점 더 불편해집니다.

이제 작은 움직임조차 힘이 듭니다.

아무래도 난, 아픈 거 같습니다.

딸아이가 내 손을 잡고 있습니다.

딸아이 얼굴에도 이제 주름이 보입니다.

(신) 지금은 내가 무엇으로 보이느냐.

(인간) 안 보입니다. 형체가 없습니다. 그런데, 있다는 건 느껴집니다.

…….

(인간) 저에게 왜 그렇게 큰 시련, 상처를 주셨나요. 왜 사랑하는 사람들을 모두 데려가셨나요.

(신) 내가 그렇게 했다고 생각하느냐.

(인간) 신이잖아요. 전지전능한.

(신) 너희들이 그렇게 날 만든 건 아닐까. 때로는 뭔가에 의지하고 싶어서. 때로는 누군가를 원망하고 싶어서.

(인간) 그런가요…… 삶은 이미 정해진 게 아니었나요?

(신) 미리 정해진 건 아무것도 없단다.

(인간) 도와줄 순 없었던 건가요? 바꿀 순 없었던 건가요?

(신) 그렇다. 안 한 게 아니라, 못한 것이다.

(인간) …… 전 이제 어찌되는 건가요.

(신) 넌 이제 곧 육체의 생명이 멈출 것이다. 인간의 언어로는 죽음을 맞게 되겠지.

(인간) …… 그다음에는요?

(신) 그건 나도 모른다.

(인간) 정말 모르는 건가요? 안 가르쳐 주는 거 아닌가요?

(신) 정말 모른다.

(인간) 정해진 건 아무것도 없다, 그런 건가요?

(신) 그렇단다.

(인간) 천국과 지옥이 있나요?

(신) 그런 건 없다. 바로 지금, 너희들의 삶이 천국이자 지옥이다.

(인간) 마음먹기에 따라 천국도 되고 지옥도 된다는 건가요? 상투적이군요.

(신) 상투적이어도 할 수 없다. 천국과 지옥은 인간이 희망과 공포를 형상으로 만든, 미래라는 시간의 허구일 뿐이다. 희망과 공포, 그 자체가 천국이자 지옥이다.

(인간) 그럼, 내세는 있나요? 내세가 있다면 전생도 당연히 있겠죠?

(신) 그 또한 인간이 육체의 소멸을 기준으로 그어 놓은 시간의 허구이다. 너희들이 감각을 통해 보는 모든 공간, 기억을 통해 느끼는

시간의 흐름, 이 모든 게 너희들의 마음이라는 동굴 안에만 있는 것이다. 너는 이제 하나의 삶이 끝나 가는구나 하겠지만, 너의 이번 삶이 여섯 번의 삶이었을 수도 있고, 너의 존재에 있어 찰나의 순간일 수도 있고, 생생하고 긴 꿈일 수도 있다.

(인간) 이해가 안 갑니다.

(신) 인간의 말로는 설명할 수 없다. 이해할 수도 없을 것이다.

(인간) 음……. 원죄는 어떤가요. 정말 사람은 태어나면서 이미 죄인인가요? 그래서 저는 벌을 받았던 건가요? 이것도 두리뭉실, 모르쇠로 넘어갈 건가요?

(신) 이건 아니다. 설명할 수 있을 거 같구나. 원죄는 없다. '신은 전지전능하다'와 '신은 인간에게 자유의지를 주었다'의 두 가지 가정에서 부딪히는 모순, 즉 '복종'과 '자유'의 타협점으로, 인간이 만든 개념이 '원죄'이다. 만약 자유로 인해 인간이 원죄를 가진다면, 자유를 준 나도 책임에서 자유로울 수는 없지 않겠느냐. 모든 책임을 인간에게 짐 지우는 건, 자유를 주면서도 복종을 강요하기 위해 논리를 창작한 것이다. 한편으론 인간의 놀라운 창의력에 뿌듯했고, 또 한편으론 내 책임이 덜어져서 가벼워지기도 했지만, 그 원죄로 인해 선천적 죄인

이 되어 스스로를 감옥에 구속하는 모습을 보며 안타깝기도 했다.

(인간) 이건 이해가 될 거 같기도 하네요. 그렇다면, 세상은 왜 만든 건가요?

(신) 내가 창조한 건 하나도 없단다.

(인간) 그럼…… 창조하지도 않았고, 관여하지도 않고……. 당신은 도대체 뭔가요.

(신) 너희들이 신이라고 부르는 난, 자연이자, 이 세상이자, 바로 너이기도 하다. 난 세상이 돌아가는 이치만 관여할 뿐, 그 이후는 이 세상의 몫이다. 인간의 직업으로 비유를 하자면, 난 설계자이지 건축가는 아니란다.

건물이 무너지지 않을 수 있는, 세상이 유지되는, 사과가 땅에 떨어지는, 아침에 해가 떠오르는, 밤에 달이 떠오르는, 가을에 낙엽이 물드는, 그런 이치 말이다. 아름다움과 추함을 느낄 수 있는, 당당함과 부끄러움을 느낄 수 있는, 애정과 혐오를 느낄 수 있는, 무거움과 가벼움을 느낄 수 있는, 깨끗함과 더러움을 느낄 수 있는, 그런 이치 말이다.

(인간) 이해가 안 됩니다. 잘 모르겠습니다.

(신) 매일 너희들의 울분, 원망을 들으면서 내가 직접적으로 그런 상황을 해결해 줄 수는 없지만, 내가 만든 이치에 결함이 있는 건 아닌지 끊임없이 생각하고 있단다. 너희들이 이번 삶을 처음 사는 것처럼, 나 또한 지금 바로 이 순간의 세상은 처음이란다. 인간의 언어로 말하자면, 시간이 흐르며 미래가 현재가 되고, 그 현재가 항상 나한테도 처음이다. 그래서 나는 너희들의 목소리에 귀를 기울이고, 이 세상의 이치를 수정하며, 너희들과 함께 더 좋은 세상으로 만들고 싶단다.

(인간) 그렇게 계속 개선을 하는데도 이 모양밖에 안 되나요?

(신) 그렇게 느낀다면 할 말이 없구나. 노력하고 있다는 건 알아다오.

(인간) 시간이 충분했을 텐데요. 그동안 도대체 뭘 한 건가요? 변명처럼 들리네요. 좀 더 열심히 하세요.

(신) 한다고 한 건데……. 미안하구나.

(인간) 전……. 잘 산 건가요?

(신) 그 누구보다 잘 살았구나.

(인간) 왜 그런가요?

(신) 넌 다채롭게 살았다. 뼈를 깎는 아픔이 있었고, 스스로 생을 끝내려고도 했다. 삶의 탐구에도 빠졌었다. 육체의 쾌락도 탐닉했다. 신앙생활도 했다. 현실에 충실하며 살기도 했다. 정신 치유도 경험했다. 그리고 지금은 평화로운 삶을 살고 있지 않느냐.

(인간) 다채롭다는 말이 거슬리네요. 상처가 없었으면 다양한 삶을 경험할 수도 없었을 거다, 그것 또한 상투적이네요. 위로하는 건가요?

(신) 내가 한 말이 그렇게 느껴졌다면 이 또한 미안하구나. 인간의 말이란 게 그렇다. 위로를 하려는 게 아니다. 사실을 얘기하는 거란다. 그 누구보다 사연 많은 삶을 살았고, 어찌 보면 보통 사람들이 서너 번 살아야 경험할 수 있는 걸, 넌 한 번의 삶에서 겪었지 않느냐. 그리고 넌 피하지 않았다. 용감했다. 솔직했다. 성실했다.

(인간) 그런가요.

......

(인간) 잠이 옵니다. 잠이 쏟아집니다.

(신) 고단하느냐.

(인간) 네, 많이…….

(신) 고생 많았구나. 그럼 이제 눈을 감거라.

(인간) 제 머리를 쓰다듬고 계시나요. 느껴집니다. 눈물을 흘리고 계시나요……. 느껴집니다.

(신) 난 항상 너와 함께 있었다. 너의 아픔도 늘 함께했다. 너의 기쁨도 함께했다. 나는 곧 너이다.

…….

(사회자) 할아버지께서 방금 숨을 거두셨습니다. 눈에 한줄기 눈물이 흘러내립니다. 너무나 편안한 표정이십니다. 온화한 미소를 짓고 있습니다. 그와 동시에 신도 사라졌습니다. 이것으로 토론을 마치겠습니다. 여러분은 신이 어떻게 보이셨습니까?

삶을 바라보는 여섯 가지 각도

두 번째 책 '관계'편을 본 어떤 분이, 취향에 맞는 책이어서 좋았는데 마무리가 좀 급한 거 같아 아쉬웠다는 얘길 하셨다고 간접적으로 들었다. 난 오히려 마무리가 너무 길고 지루한 거 아닌가 싶었는데, 그분은 너무 서둘러서 끝낸 거 아니냐는 느낌이었다니.

생각해 보니, 그분의 지적이 맞았다고 인정을 해야 할 것 같다. 서둘렀기 때문에, 내용을 정제하거나 압축하지 못하고 주절주절, 글의 양만 늘어났다. 그 책을 마무리할 때, 내 관심사는 이미 '관계'라는 주제를 떠나 있었다. 삶과 죽음에 관한 생각에 좀 더 들어가고 싶었다. 관계 편을 이쯤에서 끊고, 다음 여행을 빨리 출발하고 싶은 꿈틀거림이 있었다. 왜냐면, 삶과 죽음을 얘기하다 보면 그것의 부분인 관계에 관한, 그 당시 나의 생각도 갱신될 수 있기 때문이다.

이 책은 크게 보면, 첫 번째 바구니에는 '삶과 죽음', 두 번째 바구니에는 제목 그대로 '그냥, 수다', 일, 추억, 글쓰기, 독서에 관한 얘기가 담겨 있다. 그리고 세 번째 바구니에는 고양이 얘기, '일상'이 있다. 굵고 무거운 얘기로 출발해서 점점 더 가볍고 소소한 얘기로 흐른다. 모든 걸 담을 수는 없겠지만, 삶을 채우는 무거움, 가벼움을 대충이라도 담고 싶었다. 그리고 네 번째 바구니, '신과의 토론'에서 삶과 죽음을 보는 생각의 각도가 계속 바뀌며 살아왔던 한 사람의 일생을 상상해 봤다. 절대적인 존재의 이상형도 대충 그려 봤다.

삶에 직접적으로 관여하지는 않지만, 세상이 돌아가는 이치에 결함은 없는지 끊임없이 성실하게 고민하고, 더 좋은 세상을 만들기 위해 우리와 함께 노력하는, 모든 책임을 사람에게 짐 지우지 않고, 책임을 회피하지 않으며 잘못된 부분은 사과까지 할 수 있는, 겸손하고 따뜻하고 열려 있는, 그런 존재. 그런 신이면 좋겠다. 그런 신이라면 믿고 싶다.

초반부에 용감하게, 무거움으로 출발했던 삶과 죽음의 이야기, 양으로 보면 이 책의 20%도 안 되는 정도이지만, 그 줄거리를 정리하기까지 꽤 오랜 세월이 흘렀다. 내 딴에는 가장 압축시킨 줄거리이다.

지나친 친절이 읽는 사람이 생각할 수 있는 기회를 망치는 건 아닌지 우려가 되기도 하지만, 워낙 진중한 주제이니 웃음기를 싹 걷어내고, 내 생각을 좀 더 명확하게 전달하기 위해 설명이란 걸 해 볼까 한다. 다시 한 번 강조하지만, 이건 강요를 위한 것이 아니고, 명확함을 위함이다. 정확하게 다른 사람의 생각을 아는 것이 때론 내 생각을 정리하는 데 도움이 되기 때문이다. 공감이든 반감이든 상관없다. 내가 던지는 이 화두가 읽는 사람을 생각하게 만든다면, 그걸로 난 책을 낸 의미를 충분히 얻게 된다.

삶, 단 한 음절의 이 단어, 하지만 너무나 넓고 깊고 막연하다. 우린 때로 무언가를 생각하기가 너무 막연할 때 그 반대의 개념을 가져온다. 바로 죽음이다. 죽음이 가장 무서운 이유는, 죽을 때의 고통보다는 죽음 이후를 모르기 때문이겠지. 공포 영화에서 모습을 드러낸 괴물보다 정체를 알 수 없는, 스멀스멀 다가오는 그 무언가가 우리의 심장을 더 오그라들게 만드는 것처럼.

가끔씩 실제 죽는 거 말고, 죽기 직전의 상황을 겪어 보고 싶다는 생각을 한다. 그럼 혹시 죽음 이후를 알 수 있는 힌트라도 있지 않을까 하면서. 하지만 앞에서 얘기했던, 실제 그런 일을 겪었던 사람들의 사연을 간접 체험하면, 그게 얼마나 사치스러운 생각인지 알게 된다.

아무튼, 호기심은 때론 사람을 초조하게 만든다. 사람은 궁금한 걸 참지 못한다. 궁금한 게 해소되지 않으면 제어가 안 되는 수준의 분노가 되기도 하고 공포가 되기도 한다. 게다가 그 궁금함이 내 삶의 전체를 꿰뚫어 볼 수 있는 죽음이니, 두려움과 호기심이 뒤섞여 슬금슬금 다가오는 초조함을 참지 못해 때론 성급할 수도 있는 결론을 내버리는 건 아닐까.

믿음이든 신념이든 당위이든 의문을 없애고, 나를 그 안에 가두고 문을 닫는다. 더 이상 호기심이 문 안으로 들어오지 못하게 한다. 성급하다는 표현을 했지만, 그 결론에 다다르기까지 꽤 긴 번뇌와 고민을 했겠지. 출발점으로 돌아가 그 고뇌를 다시 하고 싶지 않다. 그렇게, 우린 죽음과 삶을 바라보는 자기만의 뭔가를 가지고 있다.

이제, 본론으로 들어가 보자. 삶과 죽음의 자유로운 벼랑 끝에 서 있다면, 선택은 단순하다. 죽느냐 사느냐.

첫 번째, 죽음이다. 자살이다. 어찌 보면 인간이 자유롭다는 걸 우릴 창조한 누군가에게 가장 적극적으로 증명하며 제대로 반항할 수 있는 게 스스로 생을 끝내는 것이 아닐까.

얼마 전, 친구들과 술자리에서 '자살'이라는 단어를 툭 던져 봤다. 유쾌하게 얘기하다 갑자기 뭔 우울한 얘기냐, 집어치우라는 반응을 예상했지만, 오히려 그 반대였다. 마치 누군가 던져 주길 바랐다는 듯, 침을 튀기며 격론을 한다. 모두들 자살은 비겁한 짓이라고 얘기한다. 도망친 거라고. 나는 이 얘기를 계속 이어 가고 싶어서 일부러 반대 의견을 계속 냈다. 비겁한 건 아니지 않냐. 도망이라기보다는, 죽는 게 사는 거보다 낫다는 확신 때문에 죽는 거 아니겠냐. 확신을 행동으로 옮겼는데 그게 어떻게 비겁한 거냐. 친구들은 그런 거 다 말장난이라며 일축한다. '자살은 비겁하다'에서 한 발짝도 양보할 생각이 없다.

하지만 아직은, 난 잘 모르겠다. 만약 스스로 생을 마감한 사람이 살아 있는 나한테, 삶이 가치가 있다는 확신도 없으면서 주어진 운명에 굴복하고 꾸역꾸역 계속 사는 게 더 비겁한 거 아니냐고 따지면, 뭐라고 반박을 해야 할지 잘 떠오르지 않는다. 내게는 삶이 가치가 있다는 확신도 없고, 그렇기에 살아 나가는 게 꾸역꾸역만은 아니라고 반박할 수도 없다.

난 자살을 찬양하고 싶지도, 비난하고 싶지도 않다. 내가 경험하지 않은, 시도조차 하지 못했던 것에 대해 평가할 자격도 안 되지만, 여기선 그저 죽음과 삶을 바라보는 데 있어 사람들이 어떤 생각의 각도를 가지고 있는지 그저 무심하게 나열할 뿐이다. 내가 선호하는 걸 주절거릴 뿐이다. 지금 내가 할 수 있는 얘기는, 난 아직은 능동적으로 죽을 생각이 없다는 것이다. 삶의 가치에 대한 확신이 없는 것과 마찬가지로, 죽는 게 사는 것보다 낫다는 확신도 아직은 없기 때문이다.

　이번엔 삶이다. 아니, 좀 더 포괄적으로 얘기하면 죽지 않는 것이다. 죽느냐 사느냐는 단순한 선택에서 삶을 선택한 대다수의 사람들. 여기선 좀 더 복잡해진다. 죽음, 즉 삶을 바라보는 생각의 각도가 다양하고, 그 각도에 따라 삶을 지탱하는 기초가 달라진다.

　두 번째, 신앙이다. 지금 걸어가고 있는 삶이라는 길 자체보다 더 높은 차원의 다른 길을 바라본다. 다른 세계를 향해 의지하며 현재의 삶을 맞춘다. 그 다른 세계는 나무, 바위, 산, 곰, 호랑이에서 신에 이르기까지 다양한 형상을 가진다. 그 신앙을 지키기 위해 현재의 삶을 희생하기도 한다. 때로는 나의 생명, 다른 사람의 목숨까지도 그 희생의 대상이 된다. 난 절대적인 존재를 믿는다. 아니, 믿고 싶다. 그렇기에 내가 믿고 싶은 절대적인 존재는, 어떤 경우든 스스로 정성스럽게 창조하거나 관여한 생명을 희생하라고 할 리가 없다.

　그렇다면, 여기서 신과 종교를 얘기하지 않을 수 없다. 이제 둘 중 하나이다. 첫 번째는, 인간의 종교가 절대적인 존재의 뜻과 다르게 인간의 욕동과 세속적 필요에 따라 움직인 것이다. 그렇다면 종교에 참여할 이유가 없다. 두 번째는, 종교의 움직임이 절대적인 존재의 뜻과 일치하는 것이다. 그렇다면 그 신은 내가 믿고 싶은 절대적인 존재가 아니다. 믿고 의지할 이유가 없다. 반항의 처벌도 두렵지 않다. 왜냐면, 이 세상에 하나의 점조차 안 되는 미세한 내가 하는 이런 의심, 회의, 반항조차도 나에게 주어진 운명일 테고, 난 그 각본대로 움직이는 것일 테니 죄책감이나 두려움을 느낄 이유가 없다.

우선 두 가지 경우 모두 종교에 참여할 이유는 찾을 수 없다. 특히, 절대적 존재에 대한 미지의 공포와 두려움이 종교라는 이름의 세속적 집단주의로 변질된 것 아닌가 하는 나의 의심이 해소되지 않는 한, 참여하기는 어려울 것 같다. 지구상에 영향력 있는 수많은 종교가, 각기 다른 신, 교리, 행동지침을 가지고 있고, 다른 종교를 이단으로 모는 것 자체만으로도 내가 의심할 수밖에 없는 징후로 충분하다.

또한 인류의 역사에서 신, 종교, 이데올로기라는 깃발을 들고 미래의 천국 건설을 위해 현재를 지옥으로 만든, 또한 그런 미래가 또 다른 지옥이 되어 버린, 인간의 생명을 미래로 가는 길에서 밟아 터뜨릴 수밖에 없는 벌레 다루듯 했던 집단의 광기가 언제든 다시 살아날 수 있는 잠재력과 폭발력을 가지고 있다는, 그리고 내가 그 광기 안에 있을 수도 있다는 끔찍한 생각이 지워지지 않는 한, 그 안에 들어갈 수는 없다.

반면, 인간이 만들었다고 의심할 수밖에 없는 종교와 달리, 절대적인 존재 그 자체, 있는지 없는지, 만일 있다면 이 세계를 창조했는지, 아니면 이 세계는 원래 있었는지, 그렇다면 그 절대적인 존재의 이유는 도대체 뭔지, 역할이 뭔지, 이 모든 걸 아직은 알 수 없기에 그냥 열어 놓고 싶다. 현재까지는 신이 존재한다는 증명을 못했지만, 신이 존재하지 않는다는 증명 또한 못했기에 그냥 열어 놓는다. 있지 않을까, 있으면 좋겠다, 있다면 이랬으면 좋겠다 정도. 미지수를 X, Y, Z로 형상을 만들 듯, 억지로 뭔가를 만들고 싶지 않다. 모르는 걸 모르는 대로 그냥 놔두고 싶다. 초조한 궁금함을 접고, 절대적인 존재를 알 수 없는 그 무엇으로 그냥 놔두고 싶다.

절대적인 존재는 가능성을 열어 놓지만 종교는 참여하기 싫어하는, 좀 더 단호하고 거창하게 얘기한다면 범유신론이면서 반종교주의 같은 그런 생각에는, 내가 본능적으로 집단주의를 싫어하는 취향이 깔려 있음을 시인한다. 앞에서 얘기했던 'Indignation(울분)'에서 마커스를 철없는 사회부적응자로 보기보다는, 그를 죽음으로 몰고 간 사회가 가혹하다는 생각이 나에게 훨씬 더 큰 거 자체로, 내가 집단보다는 자유를 더 좋아한다는 걸 보이는 데 충분한 거 같다.

종교 그 자체에 대한 부정보다는, 그게 집단이 되고 본연의 가치보다 집단을 유지하려는 수단이 더 큰 목적이 되어 버리는 것들이 날 불편하게 만든다. 종교 활동을 통해 지향점이 같은, 마음이 통하는 사람들과 만나 교류하는 게 좋다면, 그건 신앙과는 별개의 또 다른 가치이다. 그래서 많은 사람들이 모여 집단의 힘으로 정해진 프로그램에 따라 수동적으로 종교 활동을 하는 것보다는, 깊은 산속이나 시골에서 목가적인 삶을 살며 명상과 체험을 통해 깨달음을 찾고 있는 현자의 능동적인 시도가 더 끌린다.

세 번째, 투쟁이다. 창조자와 인간의 싸움이다. 피조물의 반항이다. 인간의 무기는 자유와 이성이다. 가고자 하는 종착지는 진리. 이 세상에 예외가 없는 보편적인 절대 진리를 추구하며, 신에게로의 의지를 거부하고 인간의 해방을 꿈꾼다. 고대 철학부터 시작된 이 싸움, 인간이 가질 수 있는 모든 지식, 과학, 이성을 총동원하지만, 긴 싸움이다. 힘겨운 싸움이다. 때로는 꽤 오랜 기간 동안 탐구했던 진리가 뿌리째 흔들리며 붕괴되어 좌절과 허무, 무력감에 빠지기도 한다. 그럼에도 불구하고, 이 투쟁은 계속된다.

보통 철학이라 불리는 이 투쟁은 범위가 점점 더 좁아지고 있다. 아주 옛날, 철학은 과학, 천문학, 수학, 심리학 등을 총괄하는, 인간 지성을 대표하는, 당연해 보이는 것조차 의심하며 회의(懷疑)로 출발, 진리를 추구하는, 인간의 자존감을 올리는, 지성의 모음이었다. 하지만 시간이 흐르면서 명확한 참으로 증명이 가능한 세상의

현상은 과학에게 내주고, 인간의 내면을 깊이 파는 건 심리학에 내주며, 이제는 인류가 아직까지 풀지 못한 숙제를 떠안고 있다.

일종의 미제 처리반이자 미제 발굴반이다. 이러한 투쟁은, 감히 내가 참여할 수는 없지만 응원은 하고 싶다. 대다수의 사람들이 먹고 살기 위해 노동을 하고 있는 이 순간에 인류 중 누군가가 삶의 가치와 세상의 진리를 파고 들어간다면, 설사 진리에 이르지 못하더라도 인류가 생각할 수 있는 각도를 넓히는 것만으로도 충분히 응원받아 마땅하다. 다만, 그러한 탐구가 인간의 우월주의로 향하는 건 내 취향이 아니다.

네 번째, 회피이다. 죽음과 삶에 관한 지나친 생각 자체를 경계한다. 피한다. 현실에 집중한다. 생활에 몰입한다. 현실주의, 더 내려가면 세속주의이다. 몸이 쉴 틈이 없다. 그런 탁상공론 같은 생각을 할 틈도 없다. 돈 안 되는 관념이 차단된다. 더 나은 생활을 위한 활동이나 오늘 당장 먹고 살기 위한 노동에 집중한다.

삶? 죽음? 그런 생각 자체가 사치이다. 더 나은 생활을 위한 집중력을 방해하는 잡생각이다. 그런 생각할 시간에 생업을 더 열심히 하거나, 미래의 생존을 준비하거나, 아니면 조금이라도 더 살기 위해 몸의 근육을 키운다. 또는 날 가장 기쁘게 만드는 취미 활동을 한다. 어쩌면 가장 겸손하고 생물스러운 삶이다. 평생을 사냥하고 쉬고 노는 사자의 삶과 비슷하다. 인간이 인간답지 못하다고 비하하는 게 아니다. 어쩌면 가장 동물스러운 게 가장 인간스러울 수도 있기 때문이다. 적어도 인간이기 때문에 인간만이 가지고 있는 비인간적인 잔인함이 없다면, 그것만으로도 그리 비하할 것은 못 된다.

그런 삶에도 때로는 숭고함을 느낄 수 있다. 현실에 집중하는 목적이 타인인 경우이다. 희생이다. 치매에 걸린 환갑이 된 딸을 돌보는 할머니, 딸보다 하루만 더 살길 간절히 바라며 하루하루 딸과 함께 사는 생존에 전력한다. 어느 누구도 감히 이 할머니에게 삶과 죽음의 가치에 대해 얘기할 수 없다. 그저 그 숭고한 소망을 이루시기를 바라며 응원할 뿐이다. 가족을 위해 본인의 삶을 희생하고 있는, 척박한 환경에서 힘겹게 살고 있는 모든 부모도 마찬가지이다. 응원한다. 하지만 이미 충분히 가진 위치에 있으면서 부와 권력만을 끊임없이 추구하는 삶, 게다가 그 방법이 남의 것을 빼앗는 삶은 응원하고 싶지 않다. 비난하고 싶지도 않다. 비난을 하며 내 에너지를 쓰는 게 귀찮다. 아깝다.

위의 두 가지는 가장 극단적인 경우이다. 현실에 집중한다는 면에서 공통점을 갖고 있지만, 희생이냐 욕심이냐에 따라 크게 다르다. 현실과 세속의 차이이다.

한편, 현실에 집중하는 많은 사람들이, 희생과 욕심, 그 중간에 위치한다. 극단적이지 않은, 적당한 희생과 욕심이 있다. 평일 낮에는 생업에 몰두하고, 밤이나 주말에는 가족, 친구, 동료와 함께 시간을 보낸다. 부동산 시세와 주식 정보를 예의주시한다. 가끔 문화생활을 하며 인간다움도 만끽한다. 주변 사람들의 경조사를 챙기며 인간의 도리를 한다. 가족을 위해 돈을 벌지만, 나의 삶을 위한 활동에도 시간을 들이려고 노력한다. TV 코미디나 드라마를 보며 시간을 때우기도 한다. 쇼핑을 하며 작은 소비와 소유의 즐거움도 누린다. 요즘 세간의 관심이 집중된 가장 핫한 시사에 귀를 쫑긋 세운다.

나도 그렇게 살고 있다. 단지, 현실의 길을 걷다가 문득 문득 삶의 본질적인 의문이 들 때, 피하고 싶지 않다. 모든 걸 쏟아부으며 파고 들어갈 수는 없겠지만, 그렇다고 외면하고 싶지도 않다.

다섯 번째, 치유이다. 우울증이 생긴다. 심각한 수준이다. 죽고 싶을 정도로 공허하고 슬프다. 날 아프게 하니까 이건 질병이다. 의학적 치료 대상이다. 심리 상담이나 정신과 진료를 받는다. 날 아프게 만든, 내 마음속 숨어 있는 무언가를 찾는다. 날 아프게 한 근본 원인을 정면 돌파하며, 상처를 극복하는 데 도움을 받는다. 실제로 나도 다섯 시간의 심리 상담을 통해 많은 걸 얻었다.

하지만 각자 가지고 있는 특별한 마음의 상처 외에, 인간이면 누구나 가지는 좀 더 본질적이고 보편적인 두려움, 어두움까지 극복할 수 있을지는 의문이다. 그런 걸 통틀어서 우울증이라 한다면, 우선 이게 질병인지, 그래서 치유해야 할 대상인지부터 의심하지 않을 수가 없다. 만약 그렇다면, 이는 생물학, 심리학 내지는 정신의학까지 과학적인 접근을 해야 한다. 어쩌면 가장 철학적인 문제에 과학의 칼을 대는 건, 나에겐 부자연스럽다.

여섯 번째, 이건 딱 맞는 단어를 찾기가 어렵다. 굳이 가장 비슷한 단어라면, 존재(Being)이다. 자연일 수도 있다. 내버려 둠이라 표현할 수도 있다. 나를 두렵고 어둡게 만드는 것들의 존재를 인정한다. 그게 있다는 걸 무심하게 받아들인다. 제거해야 할 질병이 아니라, 마치 길동무처럼 삶의 동반자가 되어 함께 간다. 적절한 단어인지 모르겠지만, 그냥 내버려 두는 걸 '무관심'이라 한다면, 난 거기에 '따뜻함'을 깔고 싶다.

이 책 제목 『따뜻한 무관심』을 카뮈의 『이방인』에 나온 '정다운 무관심'에서 가져온 거 아니냐고 누군가 따진다면, 난 정확하게 대답할 수 있다. 맞다. 가져왔다. 단지, 살가운 행동의 느낌인 '정다운'을 좀 더 포괄적이고 내면의 느낌인 '따뜻한'으로 바꾼 것뿐이다. 보잘것없는 내 머리로는 '정다운 무관심'을 얘기한 카뮈의 깊은 속뜻을 알 길이 없다. '정다운'이라고 번역한, 카뮈가 썼던 원문이 뭔지 찾아보려 했지만 찾지 못했다. 궁금하지만 몰라도 상관없다. 단지, 내가 막연하게 지향하고 있던 것이 모순된 단어의 절묘한 조합으로 표현되어 있어, 고마운 마음으로 나에 맞게 가져다 쓸 뿐이다.

'따뜻함'은 세상에 대한 애정이다. '무관심'은 자유를 존중하는 절제이다. 어쩌면 '무심'이 더 적절한 표현인지도 모르겠다. 어쨌든 겉보기에 무관심해 보이는 거니, 그냥 놔두자. '따뜻한 무관심'은 세상, 관계, 나, 삶을 바라보는 시각에 모두 기초가 될 수 있다. 사람들이 각자의 삶을 자유롭게 살아가는 걸 따뜻하지만 무심하게 바라보고, 빛이든 어둠이든 내 안에서 날 꿈틀거리게 하는 것들도 그렇게 바라본다. 세상을 둘러싸고 있는 모든 것들을 그렇게 바라본다. 어쩌면 내가 믿고 싶은 절대적인 존재도, 그렇게 세상을, 생물을, 인간을 보고 있는 거 아닌가 하는 생각이 들기도 한다.

만약 모든 인간이 절대적인 존재가 만들어 놓은 시나리오대로 한 치의 오차도 없이 움직이는 거라면, 수많은 생명을 학살하는 비인간적인 잔인함, 노력으로는 극복할 수 없는 선천적 불평등, 시나리오의 원칙을 짐작조차 할 수 없는 시련의 불균형, 이 세상을 덮고 있는 이해할 수도 설명할 수도 없는 수많은 모순들을 어떻게 받아들여야 할지 감조차 안 잡힌다. 그런 걸 원하는, 즐기는 존재라면, 내가 믿고 의지하고 싶지 않다.

그 반대로, 세상이 알아서 돌아가게 개입하지 않고 자유를 주며 같이 기뻐하고 안타까워하면서 따뜻한 시선으로 보고 있다면, 그건 완전히 이해를 할 수는 없어도 최소한 존재를 인정하고 믿을 수 있는 가능성을 열어 놓을 수는 있지 않을까.

만약 그렇다면, 신이 자연을 인간을 나를 그렇게 보고, 자연이 또한 그렇게 보고, 내가 또 그렇게 보고, 모두 같다. 나와, 나를 둘러싼 모든 세상이 같은 곳을 바라보고 있다. 미제로 내버려 두며 궁금함을 참을 만한, 미지의 문을 열어 둘 만한, 꽤 근사한 가정이다.

위의 여섯 가지, 자살, 신앙, 투쟁, 회피, 치유, 존재가 내 작은 머리로 생각할 수 있는, 삶과 죽음을 보는 생각의 각도이다. 글을 통해 느꼈겠지만, 아직까지 나에게는 '존재'가 내가 가장 가고 싶고 날 편안하게 만드는 각도이다. 물론, 새로운 해의 태양이 떠오르기 직전인 2016년 겨울, 이곳 사우디 사막에서 어느덧 오십이 되어 가는 바로 지금, 내가 향하고 있는 곳이다.

앞으로 나에게 남겨진 삶의 기회를 고맙게 만끽하며, 또 뭐가 날 기다리고 있을지, 뭔가를 깨닫고 여섯 가지 중 다른 길로 움직일지,

아니면 일곱 번째, 여덟 번째, 생각하지 못했던 새로운 길이 열릴 지, 내 삶을 더 풍성하게 해줄 수 있는 기회의 문, 이성, 감성, 감각 을 모두 열어 둔다.

이렇게 세 번째 여행도 끝이 났다.

'우울증'으로 출발, 첫 번째 여행 '치유', 두 번째 여행 '관계', 그리 고 이번 세 번째 여행 '삶'.

크게 한 바퀴 돈 기분이다.
이제 다시 배낭이 비었다.
앞으로 또 뭐가 이 배낭을 채울지⋯⋯.